Mon amour kalachnikov

DO
A
DO

DU MÊME AUTEUR

ANGES DE BERLIN / DOADO NOIR, 2007

Illustration de couverture : Julien Pacaud
Graphisme : Frank Secka

Parc Saint-Joseph - BP 3522 - 12035 Rodez CEDEX 9
Tél. : 05 65 77 73 70 - Fax : 05 65 77 73 71
info@lerouergue.com - www.lerouergue.com

Mon amour kalachnikov

Sylvie DESHORS

doAdo
NOIR

ÉDITIONS DU ROUERGUE

Froide nuit de novembre. L'humidité plaque ma frange, j'avance. Mon temps libre, je le passe à marcher, enivrée de ne pas savoir où je vais, ni combien de fois je me perdrai avant d'atteindre l'endroit qui va me plaire. J'emprunte une rue pour une enseigne aperçue, des pavés disjoints ou la branche d'un arbre qui dépasse d'une cour.

Dix-neuf heures en hiver. Autour de moi, les gens s'affairent, se dépêchent, chargés de courses. Mains dans les poches, derrière l'écharpe remontée jusqu'aux yeux, je souffle un nuage de buée qui traverse la laine. Trois mois que le charme de cette ville inconnue aux banlieues immenses opère sur moi. Des sacs en papier bourrés de feuilles mortes attendent, punching-balls abandonnés. En deux jours, l'hiver s'est imposé, sans prévenir. Je virevolte entre les passants emmitouflés, bondis sur la chaussée. Légère d'être perdue dans la foule indifférente. À Lyon, personne ne connaît mes parents et leur restaurant « Shanghai 30 ». M'éloigner des lieux de mon enfance, des trajets appris par cœur, des odeurs familières était une nécessité. Un acte de liberté. Dans la vitrine, le reflet de mes yeux bridés en surimpression sur le gâteau laqué vert pomme me fait rire. Prétentieuse et branchée, le prix de la pâtisserie pour quatre personnes équivaut au montant de mon abonnement aux transports en commun ! Un tarif déjà prohibitif. Je capte l'heure sur la pendule à l'intérieur de la boutique de luxe. Je vais être en retard, j'ai trop flâné malgré le froid. Dans mon sac de cours, je récupère l'itinéraire que l'association de baby-sitting a imprimé à mon intention. Pas facile de me repérer dans le dédale des petites rues de la colline. Elles se ressemblent, se croisent, débouchent sur des escaliers interminables, bifurquent, montent et descendent dans des directions imprévisibles… C'est un piège, ce quartier. Gilan, lui, ne jure que par la Croix-Rousse où il habite depuis toujours. Sous le porche éclairé d'un épicier, je relis la feuille imprimée. L'adresse que je cherche, le 21 de la rue Soulary, est bien dans le secteur, je ne me suis pas trompée. Je m'éloigne de la longue rue commerçante, passe un bouquiniste, un bistrot. Assez vite, les éclairages s'espacent, estompés par l'humidité. Entre les façades aux très hautes fenêtres, les passants se font rares. Les talons de mes bottes claquent. Au fil des rues désertes, mon assurance s'effrite. Une odeur âcre, fruitée, me surprend. Je ralentis, cherchant sa provenance. En face, dans le recoin d'un garage, un homme brasse un feu dans un fût. Des étincelles jaillissent dans la nuit. Son copain SDF sort de l'ombre. Maigre, hirsute, il jongle avec les marrons brûlants. Des braises rougeoient dans la nuit. Se sentant observé, il m'interpelle.

– Viens, viens ma belle, mes marrons te réchaufferont la gorge.

D'un coup de dents, il épluche la châtaigne, rit de se brûler. Je lui adresse un signe de refus. Un vrai signe ; je veux croire qu'en lui accordant un peu d'attention, je l'aide à exister, lui et les autres.

Je ne m'habitue pas à passer si vite du luxe à la misère. Dans la petite ville d'où je viens, les différences sont moins criantes. Les richesses demeurent cachées derrière les grands portails. Il y a moins de mélanges. Ici, les banlieusards squattent les centres commerciaux, les Restos du cœur servent la soupe sur les parkings, les jeunes Roms mendient dans le métro et les bobos se déplacent en vélo, le tout en plein centre-ville. L'ordre visuel est bouleversé, la foule bariolée, mais les habitants se côtoient sans se voir, ni se parler. Avec l'arrivée soudaine de l'hiver, c'est pire, les Lyonnais sont pressés de rentrer chez eux.

Rue Soulary. Une femme surgit, entre sans bruit dans l'allée voisine. Je suis déjà passée par ici, je crois reconnaître la rue en sens unique où je viens de m'engager. Je frissonne. Mon cœur s'emballe quand je prends conscience de l'endroit où je suis : je marche en direction de l'endroit de la ville que je veux éviter à tout prix. C'est dingue ! La rue Soulary mène tout droit à ce maudit passage. Je ne pouvais pas deviner, je l'emprunte en raccourci entre chez Gilan et chez moi, c'est tout. Si je connaissais le nom des rues, j'aurais anticipé, refusé ce baby-sitting. Tant pis pour le fric ! Moi qui m'étais juré d'éviter ce coin la nuit, je viens me fourrer dans la gueule du loup. Nulle, je suis nulle. Je jette un coup d'œil derrière mon épaule, avec appréhension. M'affole. Saleté de hasard. Du bout des doigts je déchire le sachet dans ma poche, m'empiffre d'une poignée de gingembre confit. Une voiture s'engage alors dans le sens unique. Ses phares m'éblouissent. Je m'élance face à elle sur l'étroit trottoir. Plus jamais, le rôle du lièvre hypnotisé par les phares du chasseur ! On ne m'aura pas deux fois. Au dernier moment, je vire dans la rue sur ma gauche. Les battements de mon cœur couvrent les autres bruits, m'isolent. Je ralentis, écoute : la voiture ne m'a pas suivie. La nuit horrible où je me suis fait coincer, c'était là, au bout de la rue Soulary.

J'avançais au milieu du passage, rêveuse, confiante. Quand j'ai entendu le moteur d'une voiture derrière moi, je me suis retournée, étonnée. Le monospace occupait toute la largeur, sa carrosserie frôlait les murs. Au lieu de freiner, il a accéléré, m'a foncé dessus. Un cauchemar. Je me suis mise à courir dans ses phares avec une seule idée, atteindre l'escalier. Mais juste avant les trois cents marches, il y a une espèce de plateforme. La

Scénic a braqué avec violence. J'ai hurlé entre les murs. Coincée.

Depuis, le soir, j'ai peur seule dans les rues. Je me sens minable, ne le supporte pas. Me venge à coups de pied. Vlan ! Le talon de ma botte fracasse le premier rétroviseur à ma portée. Encore un ! Pulvérisé ! De jolis dégâts sur une pauvre Panda minuscule. Tant pis pour elle. Moi aussi, je n'y étais pour rien l'autre nuit, quand le taré en Scénic m'a prise dans ses phares ! Devenant d'un coup son jouet, sa proie, sans savoir pourquoi. Je continue ma course, fais le tour du pâté de maisons, reviens sur la rue Soulary. Voilà le 21, je le dépasse. Au 22, une grosse maison, puis un chantier au croisement d'une petite rue transversale, je lis la plaque « Rue Célu ». Je n'irai pas plus loin, à l'intersection suivante, distante seulement de quelques mètres, la rue Soulary rétrécit, devient ce maudit passage. L'humidité glacée n'empêche pas une montée de sueur. La langue me pique, j'ai abusé du gingembre. Mais d'un geste compulsif, j'en reprends plusieurs morceaux en revenant sur mes pas. Tête renversée, je jette un coup d'œil sur la façade de l'immeuble du 21. Classe. Dans les anciens ateliers des canuts, les plafonds restaurés aux poutres en bois se veulent rassurants. Je me décide, tape le code, souffle sur l'extrémité de mes doigts engourdis, pousse la porte majestueuse. Elle se referme lentement dans mon dos. Rampes de spots, larges dalles, un premier escalier, et au bout de l'allée, une porte en verre sous un haut porche. Je tape le second digicode, la famille habite le bâtiment à l'arrière. Étonnée par la vieille montée d'escaliers ouverte sur l'extérieur, je perds trop de temps, la lumière s'éteint. Je me cogne contre les poubelles avant de trouver la minuterie, grimpe en courant les marches de pierre usée des étages deux fois plus élevés que d'habitude. La rambarde en fer forgé ne peut rien contre l'intrusion de l'air glacé. Sur un palier, appuyée contre l'interrupteur, je reprends mon souffle, passe les doigts dans mes cheveux raides. Si la mère me voit dans cet état, elle aura peur de me confier son bébé.

Au dernier étage, une fille répond à mon coup de sonnette. Mon âge, aussi blonde que je suis brune, elle me regarde à peine :

– Tu es pile à l'heure, ça m'arrange.

Je la suis. Sous l'effet de la surprise, je lâche une exclamation. La pièce est si vaste que les trois canapés volumineux n'occupent qu'une infime partie du décor immaculé. La sensation de chaleur est immédiate. Je pose mon sac de cours, mon manteau, m'exclame pour dire quelque chose :

– Fabuleux, cet appart !

L'immeuble sur cour cachait bien son jeu. Passer la soirée dans un loft aussi confortable me fera oublier le froid et ma peur. La fille sourit, son visage en devient tout rond.

– J'ai eu la même réaction que toi, en arrivant ce matin. Le môme, je reviens le pouponner quand ils veulent, rien que pour profiter de l'appart !

– Tu ne le gardes pas régulièrement ?

– Moi ? Non. C'est la première fois que je mets les pieds ici. Ma mère a su je ne sais trop comment que le père se retrouvait coincé, obligé de faire garder le bébé alors qu'il devait s'en occuper aujourd'hui. Une urgence à son boulot. Je suis là pour le dépanner. La mère est en voyage d'affaires. Tu veux que je te dise ? Ce môme, de l'argent il en profitera un maximum, mais à mon avis, il passera plus de temps avec les nounous qu'avec ses parents.

– On devrait indexer le tarif des baby-sitters sur le niveau de vie des familles, ce serait plus rentable...

– Pas bête, je m'en souviendrai la prochaine fois ! Le père m'a laissé un chèque ce matin, mais toi tu dois encore pouvoir négocier.

– Non, c'est « Allo baby-sitter », l'association qui m'envoie ici, qui fixe le tarif.

– Dommage ! Viens voir la terrasse. Le bébé dort, tu n'as pas à t'inquiéter. La vue est grandiose, même de nuit !

La longue baie vitrée coulisse en silence. La terrasse, en corniche, domine le tracé du fleuve, les ponts illuminés, le centre et le sud de la cité. L'immeuble est accroché au bord du Plateau de la Croix-Rousse et surplombe Lyon. Sous nos yeux, la colline escarpée descend jusqu'au quai du Rhône. En bas, sur l'autre rive, on distingue la masse sombre du parc de la Tête-d'Or. La nuit, sous le couvert des grands arbres, l'obscurité y règne derrière les hautes grilles dorés et fermées. Éparpillées sur la pente, on aperçoit à peine les lumières des villas cossues habitées par des notables, au milieu de la végétation. Le passage que je voulais éviter s'y enfonce, puis les trois cents marches se faufilent entre les hauts murs jusqu'au fleuve. Le tracé est invisible d'ici.

Pas étonnant que personne ne soit venu à mon secours. Sous le balcon, les maisons de ce bout de quartier sont imbriquées, étrangement perchées. Dans l'alignement sombre des toits le long du Rhône, je repère soudain la verrière pyramidale qui surplombe ma montée d'escaliers. Je l'indique à la fille étonnée par mon silence.

– J'habite là, au dernier étage. Les nuits de pleine lune, plus tu montes et plus tu vas vers la lumière, c'est spécial. J'adore.

– À vol d'oiseau, tu es vraiment à côté. Tu es venue à pied ?

Je m'assombris, réponds brièvement.

– Je venais de la presqu'île, j'ai pris le métro.

– Ce sera facile pour toi de revenir garder le bébé. Moi, j'habite au fin fond de Villeurbanne.

Elle me montre l'espace à gauche de la plus haute tour de la ville et ajoute, envieuse :

– T'imagines l'argent qu'il faut aux Levallois pour s'offrir un duplex ici ! Deux cents mètres carrés avec vue, entièrement refaits, dans le quartier branché, le plus recherché de la ville !

Elle rentre rassembler ses affaires. À mes pieds, la ville étalée au-delà du fleuve scintille, bourdonne.

Seule sur la terrasse, j'ai l'impression d'être à la proue d'un paquebot illuminé. Genre *Titanic*. Prête à partir, la fille toque à la vitre, je la rejoins dans l'immense pièce claire.

– Le père ressemble à Di Caprio ?

– Non, pourquoi ?

Blush rose sur ses joues rondes, yeux lavande écarquillés, parfaite dans le rôle de l'angelot joufflu, elle me regarde sans comprendre. Je fais le geste de laisser tomber.

– Il y a des consignes particulières pour le bébé ?

– Tu parles, la mère a imprimé une liste de recommandations en plusieurs exemplaires. Elle l'a affichée dans la cuisine, la chambre du bébé, partout ! Ne la lis pas tout de suite, tu vas flipper ! Le môme est adorable : il mange, fait son rot, s'endort en deux minutes. Le temps de remonter sa boîte à musique, il était dans les bras de Morphée. J'allais oublier, ses parents l'ont affublé d'un prénom impossible : Ange-Édouard ! Remarque, comme il a toutes les chances de devenir riche et beau, cela ajoutera à son charme !

– Ou à son ridicule…

– Sa chambre est en haut, sur la mezzanine, la porte avec des nounours peints en bleu. Il y a du coca et plein de trucs à grignoter dans le frigo.

– Tu ne pouvais pas le garder ce soir ?

– Non, sinon je serais restée pour le blé. Je te refile la garde au meilleur moment : j'ai donné le biberon, le bain et il est parti pour faire sa nuit. Mais mes amis m'attendent pour fêter un anniversaire. Allez, ciao !

La porte épaisse aux triples serrures se referme sans bruit derrière elle. Sur un écran minuscule à très haute définition, je la vois descendre. Je frôle un bouton, zoome sur ses jambes sans le vouloir. Haute surveillance ! Le couple méfiant ne tolère aucune zone d'ombre chez lui. Je me les imagine hautains, protectionnistes, puants, alors autant profiter des lieux. Avant d'essayer le home cinéma, baffles et écran mural dernière génération, je vais jeter un œil au bébé puisque je suis là pour lui ! Du haut de l'escalier en bois gris, la froideur et la démesure de la pièce à vivre m'impressionnent. Sur l'étage en mezzanine, la porte aux ours en camaïeu de bleus est restée entrouverte. Une veilleuse diffuse son halo lumineux aux couleurs de l'arc-en-ciel sur la moquette blanche. Humanité et chaleur de la chambre du bébé. Je progresse sur la pointe des pieds jusqu'au nid garni de dentelle immaculée et de rubans bleus à profusion. La moitié du lit est encombrée de peluches, le sol aussi. Doux cocon pour un premier bébé très attendu ! Cheveux inexistants, lèvres boudeuses, paupières frémissantes, la bonne bouille du bébé m'attendrit. Sa respiration est régulière, la fille avait raison, la soirée s'annonce tranquille. Je vais me mettre à mon devoir d'histoire. Détendue, je m'étire, lève les yeux sur le mobile à la tête du lit. Le bas d'un poster se détache dans la pénombre. Dans l'angle, le tirage en noir et blanc est signé. Surprenant ! Le couple pose en pied avec son nouveau-né. Le photographe les a surpris en plein bonheur. Elle, blonde, glaçante derrière le sourire, coincée. Voyons le père, ce bas de visage, cette bouche satisfaite… Une main de fer m'attire vers la photo. Je brise l'attraction, attrape la veilleuse, la promène sur l'image, l'immobilise. Rouge, violet, jaune, vert, ses traits apparaissent successivement. Hypnotisée, je ne peux détacher mes yeux des siens. J'ai le vertige. Des pieds à la nuque, l'onde du mauvais souvenir se propage, me coupe le souffle. Je me retrouve encore une fois dos au mur, aveuglée. J'entends avec horreur la portière s'ouvrir, le rire énorme. Jubilatoire, monstrueux, l'éclat de rire balaie l'impasse, me frappe de plein fouet. Je tremble. C'est lui.

Je suis chez le taré.

Jamais je n'oublierai le visage luisant de l'homme virer du plaisir au mépris. Ma terreur, mon humiliation.

Sous moi, le bébé râle, ouvre la bouche, se crispe, suffoque. La chambre est saturée de mon angoisse. Il manque d'oxygène.

Depuis combien de temps suis-je bloquée au-dessus de son lit ? Le regard fixé sur l'homme, suffoquée par la remontée effrénée des images, par la haine.

Accrochée à la barrière du lit, bras tendus, je m'efforce de retrouver mon calme. La sueur aux tempes. Me reprendre. Rester consciente. Ne pas plier une seconde fois. Une image, il s'agit d'une image. La haine revient, exigeante. C'est elle qui m'a rendu la force de me redresser cette nuit-là. Lorsque, tirée de l'effroi par le bruit du moteur emballé dans une folle marche arrière, j'avais détalé dans l'escalier. Les lumières de la ville tanguaient, mon cœur avait explosé, mes jambes fléchi, mais la distance entre nous augmentait. Entre les deux murs, j'avais volé. Avec la peur que le fou ait fait le tour, qu'il stationne en bas des marches. Mais le quai était désert. J'avais franchi les derniers mètres jusqu'à mon allée, bras tendus, clef sortie. Chez moi, j'avais compris que l'homme avait eu ce qu'il voulait. Jouir de ma peur… Sans aller plus loin. Sans prendre de risque. Saleté de minable. Détraqué sexuel.

Revenue à moi, je m'approche au plus près du cliché. Étirée au-dessus du bébé, je détaille son géniteur. Me concentre comme au cours d'un combat, lorsque l'adversaire me fait face, que je veux vaincre. Le rire dingue éclate à l'infini dans ma tête. C'est bien lui. Me secouer, oublier la boue, réagir.

Lacérer le poster où le bébé dort entre ses parents fièrement enlacés. Cracher sur le rejeton contaminé.

Je recule pas à pas jusqu'à la porte. Du seuil, le petit corps se détend après un dernier spasme.

Avec rage, je lui tourne le dos, descends, bondis jusqu'à la baie vitrée. Retrouver l'extérieur. La rumeur des quais monte, la ville s'offre à moi.

Je me penche à l'extrémité de la terrasse, me contorsionne pour voir un bout de trottoir. Quelqu'un marche, une femme. Buste dans le vide, je veux reconnaître les alentours, situer le départ du passage où il m'a coincée l'autre nuit. Dans la lueur vacillante d'un lampadaire, je capte un morceau du mur graffé, celui qui court sur un tiers du passage. Je ne le crois pas ! Le taré m'a agressée à côté de son domicile. Il se croit intouchable. Quand je pense que je n'avais pas dormi chez Gilan à cause d'un oral le lendemain à huit heures. Je m'entends lui répondre en m'habillant dans la pénombre : « Reste au lit, par les trois cents marches que tu m'as fait découvrir, je serai chez moi dans dix minutes, à peine. Dors, toi aussi tu bosses demain. » À moitié endormi, il était beau, nu.

Je n'avais aucune raison de me méfier. Depuis mon arrivée à Lyon, j'étais rentrée à plusieurs reprises seule chez moi et par plusieurs chemins. À n'importe quelle heure de la nuit, sans ennuis. En octobre, l'air était doux, j'emportais avec moi notre chaleur, la trace de ses mains sur ma peau, j'étais dans mon cocon. Les maisons basses étaient éteintes, volets tirés, le murmure du vent dans les feuilles, doux. J'appréciais ce moment, peu pressée de rentrer. La rupture fut radicale. Avait viré à l'horreur.

À l'autre extrémité de la terrasse, l'horizon est ouvert. Les enseignes lumineuses des quais, la suite des ponts illuminés, les néons illisibles tissent une perspective grandiose, inhumaine.

Sacré poste d'observation. Est-ce que, certaines nuits, l'homme reste là à surveiller ?

Trop tard pour refuser la garde, me raisonner. Laisser le bébé seul, me tirer, que faire ? J'esquisse attaques et coups de pied, frappe la rambarde. Le son métallique perce la dureté de l'air, me vrille, m'éclaircit les idées. Le froid me pénètre jusqu'aux os. La moindre expiration devient buée, souffle de dragon. La terrasse agit comme un sas de décontamination, tuant une à une mes émotions. Mes capacités de réflexion me reviennent, la force aussi.

Debout dans l'encadrement de la baie, je joue avec les variateurs, illuminant tantôt l'extérieur, tantôt l'intérieur. L'aspect du loft change, orchestré par une impressionnante architecture de lumière. Deux cents mètres carrés de luxe vide, angoissant. J'hésite sur le seuil, dehors ou dedans, nulle part de réconfort. Le froid me pousse à rentrer. La baby-sitter joufflue a posé le combiné de téléphone sur un magazine ouvert. Un numéro de *Elle*. Une femme, une mère vit ici, je suis dans une famille, dans l'appartement de gens normaux. Du taré, je ne conserve qu'une image grimaçante. Subjective. Tout s'est déroulé si vite.

Je saute sur un canapé. Debout sur les coussins, je compose le numéro de Gilan. Mes bottes noires sur le cuir blanc. Besoin de l'entendre. Besoin de lui. Quatre sonneries avant de basculer sur le message enregistré. Un accord synthétique, une voix : « Belle, comme… » Je raccroche, ce n'est pas sa messagerie. J'ai dû me tromper. Tant mieux, il va répondre à l'appel suivant. Je tape son numéro, attentive à chaque chiffre. Pour atterrir sur la même voix, Gilan a encore changé sa musique d'accueil, un de ses tics. Archi nul, le morceau est beaucoup trop long. « Belle, belle comme un AK-47, dans les mains des rebelles qui t'ont capturée… » Je raccroche, agacée. Personne n'aura la patience de lui laisser un message. En tout cas, moi, je ne l'ai pas.

Dressée, comme une rescapée sur un toit au milieu d'une inondation, je n'ose plus bouger. Le silence absolu de l'appartement augmente mon malaise. Le vide autour de moi m'engloutit. Les minutes s'écoulent. Dangereuses, glaçantes. L'horizon est devenu aussi noir que l'eau qui envahissait le *Titanic* niveau par niveau. J'appuie sur la touche bis, la panique monte, enfle :

– Gilan, c'est moi, Agathe. Trop bizarre, je suis sûre d'être tombée chez le taré. Le mec à la Scénic qui m'a coincée… Je suis censée garder son môme ! Rappelle-moi à ce numéro… Viens, je suis à côté de chez toi.

Ma main retombe. Le plafond laqué me renvoie mon reflet solitaire. J'agite mes cheveux noirs, trop noirs sur le blanc. Ma silhouette brouillonne, colorée, jure sur le décor. Canapés immaculés, consoles design, tapis en laine écrue ont l'air d'avoir été livrés la veille. Les meubles étincellent, sans poussière ni, plus étrange, objets personnels. Je continue l'analyse des lieux : triples vitrages, système d'ouverture informatisé, et autres gadgets de surveillance électronique me font suspecter le pire. Que cache ce couple dans son appartement hermétique, à la protection maximale ? Je me laisse tomber sur les coussins. Tripote les télécommandes, fébrile ; le son déchire l'espace avant que je ne parvienne à le régler au plus bas. Aucun pleur. Le morpion n'a pas intérêt à se manifester, l'idée de m'occuper de lui me répugne. La présence du portrait m'obsède. Je dois aller le regarder. Bouger. Sur le pan de mur au bas de l'escalier, je découvre l'image du nourrisson sur un écran mural, captée en direct ! Souffle régulier en gros plan. Bébé dort, pauvre innocent. Je monte.

Collection de boîtes à musique dans la vitrine, table à langer, commode. Du seuil, j'inspecte sa chambre sans y poser un pied. J'ai besoin d'indices pour cerner celui qui vit ici. Mitoyenne, la chambre des parents est sobre, une pile de revues, un foulard sont les seules traces de présence. Murs pâles et vides. Aucune photo. Dans le cabinet de toilette attenant, marbre, bain à remous. En passant devant une cellule à l'entrée, lumière et musique s'enclenchent de concert. Sur les étagères, parfums, crèmes de luxe au masculin comme au féminin en grande quantité, encore emballés. Produits détaxés d'aéroports, sans aucun doute, à moins qu'ils ne travaillent dans la parfumerie.

Les miroirs étincellent, les serviettes éponges sont pliées comme à l'hôtel. Le couple pratique l'ordre à outrance. La porte suivante ouvre sur un impressionnant dressing à la garde-robe mixte : vêtements de marque, costumes et robes du soir, des dizaines de paires de chaussures alignées, lingerie soyeuse dans les tiroirs, quel luxe ! Parfum d'ambiance entre encens et propreté, parfait pour la pièce. La perfection m'énerve en général. Trop d'hygiène aussi ! Et trop de richesse me révolte.

La sonnerie du téléphone retentit, étouffée. Je bondis, dévale, le répondeur s'enclenche avant que je ne trouve le combiné. L'interlocuteur a raccroché. Le numéro qui s'affiche n'est pas celui de Gilan. Il pourrait faire l'effort de me rappeler, ce serait sympa ! Au moins ce coup de fil m'a arrachée à ma folie d'observation. La collection de DVD attire mon attention, à l'évidence, le père est un fan de Bruce Lee et doit planquer ses films X loin de sa femme. Les goûts cinématographiques du couple sont révélateurs d'une culture au rabais : comédies grand public, niaiseries commerciales, *blockbusters*, une pile de Walt Disney sous cellophane pour le môme. Pas grand-chose de tentant sauf peut-être un coffret de Clint Eastwood. Envie d'appeler mon amie Lucia-Paz mais elle sortait avec des étudiants de son cursus, ce soir. J'ouvre la porte sous l'écran. Une série de bouteilles de vodka, l'alcool préféré de Gilan. Je tente à nouveau ma chance : « Belle, belle… » Au dernier « Kalachnikov », je suis sur la mezzanine et chuchote :

– C'est moi. Agathe. Je te donne les digicodes : A2012 sur rue, et 391D pour la porte en verre. Le duplex est au dernier étage, au 21 rue Soulary. Le bar familial est garni de vodka. Première fois que j'en vois autant de différentes. Passe, j'ai vraiment besoin de ton aide. Bisous…

J'observe la petite chose fragile s'agiter à mon approche. Les poings minuscules s'ouvrent, se referment. Bébé morpion remue de plus en plus sans ouvrir les yeux. Je m'immobilise, remonte le mobile musical pour éviter qu'il se réveille. Ça fonctionne, il se calme.

Belle…

Qui t'ont capturée ma belle

Et que je vais déchirer

À grands coups de shrapnells…

Je hurle, histoire de me défouler sous la douche. Déverse un déluge de sons mimant une guitare électrique.

Belle…

Belle comme un AK-47

Belle comme les orgues de Staline

Hurlant une symphonie

Où la chair et les gravats

Forment une étrange mélodie

Robinet à fond. L'eau chaude crépite sur mes trapèzes, gicle entre mes omoplates. Ruisselle dans ma bouche ouverte.

Après les heures d'atelier, une bonne douche c'est le pied. Le boulot est fini. Sous la flotte, mes muscles se détendent à tous les coups. Les traces du boulot s'effacent. La flotte me débarrasse des poussières de fer. Les garces, si fines, s'infiltrent partout sous les vêtements, dans les narines, les oreilles. Elles me collent à la peau. Avec la sueur, ça gratte. La minuscule cabine tremble sous les cataractes, le jet crache, décrasse. Sueur, limaille, fatigue dégoulinent, emportées jusqu'au fleuve par les canalisations. L'apprenti ferronnier doublé du charpentier s'efface, je redeviens Gilan. Sous les giclées d'eau brûlante, je frotte mon torse, insiste, me marre. Des particules de fer invisibles restent accrochées aux poils… Agathe… Souvent elle joue à les étirer entre ses doigts, y promène sa langue. Bouche sèche. Je hennis, cheval fou, pur sang lâché dans un torrent. Tumulte. Mon grain de riz fait monter la température. Je braille plus fort au milieu de la vapeur et de l'eau.

Mon amour, mon amour kalachnikov
Belle…
Belle à l'ombre des églises
Et des mosquées en ruine

Allons boire notre cocktail
Molotov, mon amour
Mon amour kalachnikov

Je tape des pieds pour remplacer les basses. La flotte en profite, déborde.

Ma peau vire. Rouge vif. J'étouffe, suffoque. Cerné par l'humidité. Me décide à fermer l'eau chaude. Me mets en apnée. D'un geste, l'eau glacée me tombe dessus. Je hurle sous le choc, accélérant le tempo :

Belle…
Belle comme un AK-47
Dans les mains des rebelles

Muscles bandés sous le jet froid. Tellement à l'étroit que je ne peux pas boxer pour me réchauffer. À pleins poumons, j'improvise une chanson perso :

Défoncer les dictateurs
Nettoyer la planète de ses pourritures
Je briserai d'une main les portes des citadelles
J'escaladerai les montagnes de pierres
Qui culminent à six mille mètres
Éboulerai les murs interdits
Entouré des futurs combattants
De la liberté

Les dernières phrases sonnent bien. Mon corps s'habitue. Ne sens plus l'eau froide. Après le choc, le plaisir. C'est dément. Ouais, de bonnes idées. Faut que je note.

Les combattants ivres de liberté
Jamais se laisseront récupérer
Les combattants d'l'impossible
Partent toujours à l'attaque

Le générique des *Chevaliers du Zodiac* me parasite. Souvenir d'enfance :

Les chevaliers du zodia-ac
S'en vont toujours à l'atta-aque
En chantant une chanson bien haut
C'est la chanson des héros !

J'arrête la flotte, m'ébroue. La porte de la cabine bloque comme d'hab. Jolie mare dans la salle de bain. Le joint d'étanchéité est pourri. J'attrape l'unique drap de bain, le balance sur le sol plastique. Absorber la flaque au plus vite. Pas le moment d'inonder les voisins. L'appartement n'est pas assuré. Trop cher. Le miroir est couvert de buée, un vrai sauna, j'ouvre le vasistas. Prends une goulée d'hiver. Fonce à travers le salon en me filant de grandes claques sonores. Tire la couette du lit. Me sèche avec. Cuisses, dos. Je secoue la tête violemment, technique brute ! Le sèche-cheveux de grand-mère a grillé. Les gouttelettes fusent à l'horizontale en tir tendu. Mes cheveux vont encore friser serré. Je piétine, cours sur place, histoire de réchauffer ma carcasse. Dans l'appartement sans chauffage, il ne fait bon que sous la douche brûlante.

Quand est-ce que le proprio va se décider à faire réparer les radiateurs ? D'après l'agence, devait s'en occuper avant le froid, tu parles… Ce matin dans la rue, les panneaux lumineux affichaient -1, si c'est pas le froid… Pas moyen de mettre la main sur un tee-shirt propre. Je bouleverse la montagne de fringues au sol pour rien. En virant les pulls de l'étagère, j'en retrouve un dont j'avais oublié l'existence. Moche mais net. Le lavomatique c'est la galère, pire avec les sapes d'atelier. Sales, épaisses, mettent un temps fou à sécher. Ça coûte une fortune. Je récupère mon fut dans le tas. Bourre le sale en bas du placard. Faut que je pèse de tout mon poids contre la porte pour le refermer. Le bois grince méchamment. Les slips qui traînent, ça la fout mal si Agathe passe. Reste peu d'espace libre au sol. La musique s'est arrêtée.

Je relance la liste des titres en mode aléatoire sur l'ordi. Règle mon nouvel ampli fourni par les potes. Tombé du camion, un vrai truc de pro. Vérifie où en sont les fichiers que je tente de récupérer. Les fournisseurs ne se sont pas reconnectés. La musique qui m'intéresse, je mets un temps fou à la télécharger. L'ordinateur, dopé au maximum, est trop lent, trop vieux, trop limite…

Les premiers mots du dernier album de MC Solaar sortent de l'ampli. Je devrais penser à l'imiter en squattant les dictionnaires de synonymes des bibliothèques. Les mêmes mots reviennent trop souvent dans mes textes. Je tourne en rond. Dur d'élargir. Moi j'ai Agathe ! Cette fille est mon encyclopédie ambulante. Et bilingue, chinois et français ! Bandante, intelligente, Agathe l'Asiate ! « Grand corps malade », ça c'est un nom de génie… Elle va m'aider à trouver le mien. J'entends un bruit. Couvert par la musique qui jaillit. Un frottement derrière la porte du palier. Je râle sans baisser le volume. Vérifie l'heure sur mon portable, j'ai reçu des appels. J'attrape un pull. Vingt et une heures trente. Faut pas exagérer ! Vont pas venir frapper tous les soirs !

Les vieux du second montent dès que j'allume l'ampli. Leur seuil de tolérance est proche du zéro. Je peux que le dépasser. Peuvent pas être sourds comme les autres de leur âge. Si j'ouvre la porte, je sens que je vais leur débiter des âneries. Aucune envie de m'excuser ce soir.

Je m'observe dans le miroir collé sur la porte d'entrée. M'amuse de mon reflet. Gonfle les biceps, roule des muscles et des épaules, tire la langue, grimace. Plusieurs minutes passent, j'imagine la petite vieille toujours collée derrière le panneau. Je pourrais l'entendre respirer. Au moment où je cède, prêt à lui ouvrir, j'entends un glissement. Un pas furtif qui redescend. C'était bien elle, la voisine du dessous en chaussons dépareillés. J'ai bien fait de ne pas répondre. Je me laisse toujours avoir quand c'est elle qui monte. Yeux malicieux et tablier, phrases décousues. Sacrée mamie !

Si ça se trouve, elle ne monte que pour tailler la bavette avec moi, la grand-mère. Et me refiler ses conseils. Elle peut pas s'empêcher de me faire la morale.

Main au menton, je traque la repousse des poils. L'ombre aux joues me vieillit, accentue la mâchoire carrée. Trop. Demain, je me rase de près. Depuis que je bosse en charpente, mes muscles se développent un max. Et à force de courir l'été sur les toits, j'ai la peau hâlée. Jusqu'à la ceinture ! C'est pas le bronzage bord de mer. Je rigole de me mater. Le miroir en pied, j'y pensais pas. Je le dois à mon coloc. Le mec a peut-être des idées de meuf, Vad le traite de pédé, mais il est super réglo. Jamais dans l'appart, il paie sa part chaque début de mois comme convenu. Je ne pouvais pas tomber mieux. Du coup je peux amener Agathe autant que je veux. Seuls dans l'appart, on peut se lâcher en journée. Sa sensualité décuple ma virilité… Miam-miam, mon grain de riz, drôlement joli. Corps léger, souple, incroyablement musclé pour une fille. Une rareté. Au début, j'ai vu que son aspect de fragile p'tite Asiate. Une fille à protéger, tu parles, elle a une volonté de fer. Les deux messages sont d'elle. Je le savais. Pas besoin d'écouter. Trop faim. Je l'appelle après la bouffe. J'avale les trois quarts du pain sans attendre. Mou, pas salé, il est mauvais son pain à la boulangère. Et merde, pour cuire des pâtes, faut que je récupère la casserole cramée qui trempe. Plus de produit vaisselle, éponge pourrie. Avant de m'y mettre, je sélectionne la fonction repeat. Mon morceau préféré en boucle, je racle le cramé au couteau. Grand-mère, si tu voyais tes casseroles ! Tes soupes me manquent. Pendant que l'eau bout, je me fais trois séries de trente pompes sur sons abrasifs. L'atelier me crève, mais pas comme j'aime l'être.

Cet été, quand j'ai bossé en extérieur pour poser des charpentes métalliques, ça c'était un vrai boulot. À trente mètres du sol, chevaucher la poutre maîtresse, passer de poutrelle en poutrelle, manier les outils, prendre conscience de son équilibre, jouer avec… Respirer le ciel, la journée dehors, corps au soleil, surplomber la ville, la vie ! Extase garantie ! Pas besoin de came pour percuter l'espace. Vus d'en haut, les quartiers sont des maquettes où tous s'agitent. Flics, piétons, meufs pas plus haut les uns que les autres. Le bruit reste coincé au ras du sol. Les martinets sifflent à ma hauteur. Le soir, j'étais lessivé, en état d'apesanteur. Déconnecté. Je me baladais serein. Libre. L'été, Lyon c'est sympa, concerts gratuits, projections à la nuit tombée, piques-niques dans les parcs. Au moindre prétexte, tout le monde se retrouve dehors. L'ambiance est chaude, latine. Avec les potes, chaque soir, on se retrouvait au hasard. Les filles sont sexy, pas farouches. L'été, la ville est à tout le monde. C'est après l'une de ces soirées que j'ai eu ce besoin de clamer des mots. J'ai commencé à noter ceux que j'avais dans la tête. Je ne savais pas ce que j'allais faire avec ça. Vad se marrait en me voyant écrire. L'inspiration est venue d'un coup. Phrases, rythme, sons. En bossant, je matais la ville en dessous. Le soir, j'avais de nouveaux trucs à raconter. Depuis, aucune panne. Les idées affluent, les mots construisent les textes, je m'éclate. Les potes en redemandent. Les clamer dans les bars, c'est la jouissance ! Faut que je trouve le temps de retravailler les derniers textes. Le patron de la péniche m'attend. Il me programme une soirée en janvier, le pied. Une première. Pour l'instant, j'ai surtout joué un ou deux morceaux au cours de soirées collectives. Attention, j'arrive. Les pâtes sont *al dente* ! Le dieu des pâtes c'est moi ! J'en bouffe à tous les repas. J'adore. Mais là, c'est une ration de nain. Le frigidaire est vide, ni râpé, ni beurre, ni sauce, misère de misère.

Je n'aime pas le mois de novembre. Novembre qui approche décembre. Décembre avec son culte des fêtes de fin d'année. Cadeaux obligatoires à dates fixes. Faut que j'écrive là-dessus. Un truc bien sanglant. Déchiré. Le père Noël s'éclate de brique en brique dans la cheminée. Tête ensanglantée, le gros atterrit sur les flammes. Fuse torche vive sur le sapin synthétique. Costume fondu, hurlement de mort vivant… Trop d'allure ! Chocolats piétinés, jouets cassés, appartement parti en fumée et le môme qui chiale seul. À la rue, le pauvre lardon affamé. Adieu la dinde et la bûche… Descente infernale sur un rythme déjanté… Ça m'fait marrer ! Mais je me connais, je ne pourrai jamais infliger ce conte cynique aux pauvres gosses. Y en a encore qui croient dur comme fer au père Noël !

Placer de l'humour dans une chanson, c'est vraiment pas mon truc. Je m'en sens pas capable. Dans *Belle comme un AK-47*, le mec, Martin Angor, il est au top avec le second degré.

L'eau dégouline. Des vitres embuées direct au sol. Je vais crever avec cette condensation. J'éteins tout. Ouvre la fenêtre, allume une cigarette, accoudé sur la rue déserte. Le brouillard étouffe lentement les lampadaires. Dedans ou dehors, c'est du pareil au même, humidité, froid. La nuit étrangement silencieuse, les noctambules ne viennent pas jusqu'ici. Y a rien à prendre dans ma rue. Large comme une avenue, ne débouchant sur rien, à l'écart du mouvement. Une demi-heure à tirer avant d'aller rejoindre les potes. La soirée promet. Soirée spéciale sur la péniche, entrée gratuite et bœuf après minuit. Je pourrais rappeler Agathe pour tuer le temps, mais elle voudra me voir. Ne comprendra pas que je sorte avec mes potes… Elle va me pourrir la soirée.

Une grosse voiture remonte la rue au ralenti. Le chauffeur cherche à se garer, va tourner un moment. Semaine ou week-end, les bagnoles squattent les trottoirs vingt-quatre heures sur vingt-quatre. Je ferais bien une partie de PGR 5, pour me défoncer au volant d'un bolide. La démo à Auchan était géniale. Pas la peine de compter sur le père pour m'offrir la dernière console du marché, ça fait un bout de temps qu'il a remisé la panoplie de Noël à la cave, et ma mère est toujours fauchée. La voiture revient par le même côté, phares noyés dans le brouillard, son conducteur tourne. Il conduit encore plus lentement qu'à son premier passage. Traverse la coulée orangée du lampadaire au coin de chez moi. Impossible de distinguer le mec. Une familiale plutôt qu'un 4 x 4. Pas sûr que ce soit une Scénic.

Je fixe le bout de ma rue qui se termine en cul-de-sac, forçant les automobilistes à prendre à droite. Ses feux arrière flottent sur le brouillard. La bagnole s'est immobilisée sans tourner. Des paquets de brume cachent sa masse. Seuls les feux rouges émergent. Pendant plusieurs minutes, le conducteur braque ses phares dans la petite rue Célu en sens interdit, bloquée en bout par des travaux. Il éteint. Ça craint avec le brouillard. Qu'est-ce qu'il fout ? Je tends l'oreille, aucun bruit de moteur. Ça peut pas être un hasard. Pour mater qui s'engage dans le passage, c'est la planque idéale. Ça fait un bon moment qu'il attend tous feux éteints. Agathe a raison. Faut pas se fier aux apparences : dans le quartier, les mecs pratiquent de drôles de jeux. Depuis qu'elle s'est fait agresser, la nuit, je surveille le comportement des automobilistes. Les potes s'y sont mis aussi. Le quartier est à nous, ce n'est pas un terrain de jeux pour les tarés du sexe. Qu'ils pratiquent leurs fantasmes ailleurs. Si j'en chope un en flagrant délit, fera pas de vieux os dans le coin, et si c'est le mec de la Scénic qui a agressé Agathe, je le massacre. Le conducteur se décide à redémarrer. Pas trop tôt. Le faisceau des phares vire dans la direction obligatoire. Il en a mis du temps à se décider ! Je suis gelé. D'une pichenette, je balance mon mégot. Le bout rouge tombe en vrille. Pile dans le rectangle de lumière qui se découpe à la seconde sur le trottoir. Quelqu'un vient d'allumer le minuteur du hall de mon immeuble. Je me rejette en arrière, guettant sa sortie.

La silhouette est menue, fragile. En un flash, je la reconnais. Par la fenêtre, je crie dans la nuit :

– Attends !

Je tiens le briquet allumé une seconde à côté de mon visage, elle m'a vu. J'attrape mon blouson, les clefs, je fonce.

Elle est venue chez moi. Elle est montée jusqu'à ma porte et je l'ai prise pour la petite vieille du dessous. À cause de ça, j'ai failli la louper. Je dévale les marches en silence, la minuterie s'arrête. À l'étage en dessous, j'entends les vieux mettre le verrou, je descends de plus en plus vite, pourvu qu'elle attende ! La lumière de la rue éclaire une partie du carrelage du hall. Elle tremble contre les boîtes aux lettres. Bras et jambes nus, le regard glacé. Les gouffres de ses yeux me happent.

l'adsiate (assassine)
habite chez Gilan maintenant

…e? Non!

Täuschung des Losers

Il se prend pour qui, le bouffon ? C'est pas ses costumes et chemises sur mesure qui m'impressionnent. Repousser deux fois une livraison dans la même journée ! Sa came, il la récupérera là où je la mets. Suffit les manières, j'suis pas son larbin.

Pour moi, pas de problème, j'ai le fric. La rue de la Martinière est déserte. Je me pèle. Ce climat polaire, c'est pas bon pour les affaires. Trop long de remonter seul de la péniche dans le froid. Je comprends que Gilan nous laisse tomber pour se chauffer au lit avec une meuf ! Un bus apparaît au virage de l'Annonciade, un 13, la chance est avec moi ! Le paquet bloqué sous l'aisselle, je lui fais signe. La coke, je l'emballe méthodiquement. Plastique bulles, kraft, velcro et double face, ça ressemble à un pansement. Facile à porter ! L'été dans le slip, l'hiver sous le bras. Je salue le conducteur, vais au fond du bus. Aucune voiture collée au cul, cool. J'enfile les gants blancs. Fine membrane, l'idéal pour manier la came, piqués au photographe du cours Giraud. En guise de matos, un stock minable, à part les gants. Ce coup foireux nous a pourtant assuré le respect sur une nouvelle zone de la Croix-Rousse. Trop cool, je profite du circuit en bus, le belvédère de la place Rouville, la remontée du boulevard à travers la vogue, jusqu'à la place Commandant-Arnaud. Là-haut c'est chez moi, je supporte pas qu'un autre y fasse sa loi.

Minuit quarante. Mon bouffon habite rue Soulary, à dix mètres de l'entrée du passage où les quatre filles se sont fait coincer. Il garde l'anonymat, mais je ne fournis pas un client régulier sans me renseigner. Trop de dope, un max de pognon… Banquier ripoux, trader ou tordu… je finirai bien par savoir.

Avec les mecs rangés et friqués, les affaires se traitent sur la longueur. Ils dépensent sur la durée. Dans ce milieu, ils programment tout : la défonce comme la naissance de leurs héritiers, la retraite et tout le blabla. Ça m'fait marrer. Les cons, y se croient supérieurs avec leurs garanties.

Drôle de coïncidence : les quatre agressions se sont déroulées dans la nuit qui suivait une livraison. Alors ce soir, je prends des repères pour le faire tomber. À la prochaine livraison, on met le piège en place. Utiliser la Jaune comme appât, c'était une sacrée bonne idée du Roux, mais avec Gilan qui la protège, impossible. Finira bien par la plaquer, la supportera pas longtemps, la Jaune. Toujours à juger. À nous mépriser, nous ses potes de toujours. Pour qui elle se prend avec ses grands airs, la Chinoise ! D'accord, elle vaut le détour. Cheveux corbeau, grands yeux étirés. Un appât de premier choix, l'autre tordu ne s'y est pas trompé. Agressive, jamais peinarde, elle s'est fait coincer en premier, et alors ! Le taré au volant, brune, blonde, tas d'os ou paquet de graisse, il s'en tape ! La première fille qui prend le passage devant lui, c'est la bonne.

La meuf engagée dans la ruelle, avec la bagnole aux fesses, elle peut que filer droit devant elle. Lui, il fonce derrière. Il jubile. Le seul endroit où braquer, c'est contre la barrière interdisant l'escalier aux véhicules. Il les coince là. À chaque fois. La manœuvre est rodée. La fille a une chance de s'échapper en ayant le réflexe de sauter la barrière à la seconde où il braque. Mais toutes aussi connes qu'une poule, elles courent droit devant, battent deux fois des ailes et se font cueillir.

Le mec est déjanté. À chaque fois le coup est un peu plus risqué. Il fonce dans son propre piège. Une bagnole de flic en travers de l'entrée du passage et il est fait.

Quand je descends place Commandant-Arnaud, je jette un coup d'œil à l'école primaire. En classe, tu pigeais vite, Gilan, maths, orthographe… sans effort. Pas comme moi. Jamais, tu m'as lâché, et maintenant… Je sais pas ce qu'elle t'a fait promettre, l'aïeule, mais t'es plus le même depuis qu'elle a rejoint les anges.

Je traverse l'espace dégagé. Le bar fermé. Les mobylettes rouges de la Pizzeria Puce alignées sur le trottoir, le mec racle son four, la ville dort.

Si on me suit, je m'engouffre dans ton immeuble. Glisse le pansement de came derrière le compteur à l'étage des vieux, sonne pour une soirée alibi entre potes. Tu m'ouvriras, mon frère, mais tu changes trop en ce moment. Je remonte la rue d'Urville, ta grand-mère habitait ici, au 10, ta rue me fait l'effet d'attendre qu'une scène de western s'y déroule. Deux bandes de bandits armés jusqu'aux dents, déployées face à face. Waouh ! Se mitraillant jusqu'aux derniers sur l'horizon bleu, ou perdus dans le brouillard comme ce soir.

Au passage, je griffe d'un coup d'ongle l'affreuse peinture murale de la Maison de l'enfance qu'aucun des anciens ne tague. On les a embrouillés, les animateurs du centre aéré, et pas qu'une fois, que des bons souvenirs.

Je m'engage dans le goulet de la rue Célu sans hésiter. C'est peut-être mon bouffon qui joue au con. Avec les potes, on va lui faire tomber le masque. C'est notre taf qu'est en jeu.

La baraque de chantier est dans la pénombre. La nuit opaque à couper au couteau. Main à la poche, je traverse la rue, saute les barrières entassées, me retrouve entre l'Algeco et le mur aveugle. Dans l'ombre, je surveille l'immeuble du bouffon. Si tranquille en apparence.

Des escaliers sillonnent le quartier. Longs de trois marches ou de trois cents. Je les connais tous.

Et je fais aussi partie des rares qui connaissent les entrées des galeries souterraines. La colline en est truffée. Un joli gruyère.

Le pansement bourré de cocaïne dans la paume, j'ai qu'à me baisser, imparable.

Dernier coup d'œil sur son entrée. Trop tentant de le surveiller maintenant, fondu dans le brouillard, mais planquer au moment de la livraison, c'est beaucoup trop risqué.

Lumière ! La porte du 21 s'ouvre. Si c'est le bouffon qui se pointe, sans respecter nos règles, il va le payer cher. L'ombre regarde de tous côtés avant de sortir. Une silhouette bondit. Bottes, jambes minces. La fille s'immobilise sur le trottoir d'en face. L'Asiate, alors ça ! Qu'est-ce qu'elle fout ici ?

Je m'accroupis contre la cabane. Avec les barrières et la brume, elle ne devrait pas me voir. Elle vient dans ma direction. Bizarre, bars et métro sont à l'opposé… Elle s'arrête à deux mètres, pétrifiée à l'entrée du passage Soulary. Là où elle s'est fait agresser. Elle recule, trébuche, tourne à angle droit, s'échappe par la minuscule rue Célu. Vite, j'arrache le film du double face, plaque le pansement de came sous le plancher, maintiens l'appui une seconde, sors de ma planque. Ses bottes font un boucan d'enfer, je risque pas de la perdre. De loin, je la vois : sous le spot du restaurant contre le rideau écarlate. Une pauvre biche qui saute de lumière en lumière. Paniquée. Elle se jette au milieu de la large chaussée et fonce à l'aveuglette dans le brouillard ! Trop nulle, la belette.

Compris, elle va chez Gilan. Je lui emboîte le pas, je vais rigoler à ses dépens.

Baskets sur le macadam humide, je la suis en silence. Je progresse en coulée le long des bagnoles garées, plonge entre les pare-chocs à chaque arrêt de la meuf terrorisée.

Les talons se taisent. J'la mate au travers des vitres d'un Trafic. Collée au lampadaire en bas de chez lui, elle fixe son appartement. Drôle d'allure, l'Asiate ce soir. Je souffle lentement la buée vers le bas, tente une reptation, appuyé aux carrosseries. Brève montée d'adrénaline. Je suis si proche d'elle, je vois les rayures de ses mitaines et son air pitoyable. Jaune dégueuli, tremblante, sans seins ni fesses, je comprends pas que mon pote y tienne. Elle sort un sachet de sa poche. Triture les trucs dedans, l'air apeuré. Intéressant ça ! Les gobe, speedée. Tiens, tiens, la Jaune se bouffe des capsules ! Spécial K ? amphétamines ? Jouissif de connaître son point faible, ça servira un jour ou l'autre. Ah, la garce, son air de sainte nitouche, c'est du flan.

Les yeux sur la chambre éclairée du coloc, elle attend quoi ? Que la fenêtre de Gilan s'allume ? Allez, vas-y ! Monte chez lui ! Trouve ton mec au lit avec une autre et tu ne nous feras plus chier ! Basta l'Asiate !

Elle bouge plus. Veut pas me donner ce plaisir ! Tant pis, je lâche avant d'être congelé, j'ai un rencard. Faut que je me tire d'ici.

Attention, la meuf est imprévisible. Le plus sûr, c'est encore de reculer jusqu'à l'allée du vieux bricolo. Je me glisse à reculons le long du caniveau, pousse la porte du genou, fonce dans l'allée, saute la haie du jardin, plonge dans l'ombre des tournesols en plastique. Pas de mouvement à ma suite. Ah, le confort permanent des fleurs synthétiques. Ça m'a coûté trois phrases avec pépé, un sac de terreau charrié et une bonne couche de pommade, mais depuis je suis comme chez moi dans son décor. La planque de rêve au cœur du quartier.

De la caisse à compost, je me hisse sur sa cabane mitoyenne à une rangée de garages. Le givre crisse sous mon poids. Je débaroule dans la rue en face de la masse sombre, inhabitée, de notre cher collège, balayé par les courants d'air. Qu'ils fabriquent ce qu'ils veulent, la Jaune, le bourge, le taré, ensemble ou séparément, fait trop froid. Un joint serait bienvenu pour me chauffer. Je tire la casquette sur mes oreilles gelées, balance le gant blanc à travers le grillage du terrain de basket, continue avant de tourner, tombe à l'autre bout de la rue d'Urville. À dix mètres, je vois le dos de l'Asiate qui descend le raidillon pour choper la montée Eugène-Pons. Tout ce détour pour rien ! J'enrage, sprinte pour choper le dernier 13 qui se pointe à l'horizon de la place. Ceux de Rillieux m'attendent au terminus.

Le bus est éclairé et chauffé comme un cinq étoiles. Vautrés sur les banquettes, des gamins se marrent. Je fais comme eux, avec l'idée qui m'occupe.

En mai, j'enfouirai des graines au pied des tournesols synthétiques. Pour rigoler. Le pépé, il se retrouvera avec de la vraie verdure. Je lui raconterai un bobard pour pas qu'il l'arrache, qu'il en prenne soin. Y bouge pas de l'année, le vieux. Son jardin, il le couve. L'herbe arrosée, engraissée arrivera à maturité.

Ce chauffeur fait exploser le chauffage. Je change de siège, pense au manège d'Agathe l'Asiate, trop bizarre. Elle m'a pas repéré, pas vu livrer la cocaïne. C'est bon pour moi.

Mais qu'est-ce qu'elle foutait à une heure du mat, seule dans le quartier, la tête déchirée ?

En fouinant la nuit, les ennuis on les trouve. Qu'elle vienne pas se plaindre.

Vad croit que la fille est Agathe, mais c'est l'autre Asiathe

Agathe

– Mademoiselle Agathe Gentil. Née à…

Le fonctionnaire lit à voix haute ma carte d'identité :

– Angoulême.

Ajuste ses lunettes, relève les yeux sur moi. La photo qu'il a sous les yeux ne lui suffisait pas. Il articule :

– Nationalité française.

Il le fait exprès d'être aussi lent ! À cause de lui, je vais louper la matinée de cours. Le commissariat de la Croix-Rousse n'est pas vraiment sur mon itinéraire. Pourquoi m'avoir convoquée ? Le nez écrasé, blême, la trentaine avachie, il recommence à taper sur son clavier. Avec deux doigts ! Je me penche par-dessus la banque.

– Vous avez bientôt fini ? Je suis pressée…

Mains en l'air, les yeux rivés sur la nouvelle fenêtre ouverte du logiciel, il me fait signe de ne pas bouger. Bravo, quelle maîtrise de l'outil informatique ! Je lui demande, sarcastique :

– Dans la police, vous n'avez pas droit à des formations de bureautique ?

– Vous êtes pressée ? Moi aussi, allons-y.

La voix me surprend, je n'ai pas entendu venir le nouvel arrivant. Je me retourne pour découvrir un long visage si proche du mien que j'en distingue la peau sèche. Maigre et austère, le flic en civil me regarde posément. Rien à voir avec les deux cow-boys, des excités de l'uniforme, entrés et sortis plusieurs fois depuis mon arrivée au guichet. Blouson en cuir noir sur un col roulé de la même couleur, il me précède dans le couloir. Tente de pousser une porte apparemment fermée de l'intérieur, passe à la suivante qui s'ouvre.

– Ce bureau fera l'affaire. Mademoiselle Gentil. Asseyez-vous.

Le téléphone sonne, il s'en empare à la seconde, répond tout en allumant l'écran devant lui. Converse sans me regarder. L'un des cow-boys passe la tête, l'air de chercher lui aussi un bureau disponible. Je me demande où je suis tombée, je pourrais être au milieu d'un tournage humoristique. Pour tuer le temps, je compte le nombre de chemises à élastiques, rangées par couleurs, de la plus froide à la plus chaude. Un peu de poésie dans ces lieux. Il raccroche, semble me redécouvrir. Il joue bien son rôle.

– Mademoiselle Gentil, vous avez gardé hier, lundi soir, un bébé au domicile de la famille Levallois. Nous avons retrouvé le nom de l'association, « Allo baby-sitter » sur l'agenda de M. Levallois. Votre inscription dans les fichiers de l'association date du 28 septembre dernier. Je l'ai reçu par fax, ainsi que vos données personnelles : adresse, téléphone, le reçu de votre inscription en première année de licence, cursus histoire, au titre de boursière sur critère sociaux au barème le plus bas. Ainsi que la photocopie de votre carte d'identité.

J'écarquille les yeux pour marquer mon indignation. Pas mal, la discrétion ! Faudra que je pense à remercier la secrétaire de l'association qui avait cru bon de me préciser que les renseignements fournis restaient confidentiels, bien évidemment ! J'aurais dû me fier à sa tête de rat ! En la voyant, j'ai failli ressortir illico du local sans m'inscrire. Mais j'ai besoin d'argent et j'ai accepté de remplir leurs formulaires trop détaillés.

– Hier soir, vous vous êtes rendue au domicile de M. et Mme Levallois, pour assurer la garde en soirée de leur fils âgé de huit semaines.

Il fouille dans un dossier à la recherche d'une fiche papier qu'il détaille sans rien ajouter, prend une autre feuille.

Pendant qu'il révise ses notes, je me récite la liste de dates d'histoire apprises en urgence à l'aube. Depuis la rentrée je me débats avec dates et rois, je crois que je me suis mal orientée en faculté d'histoire. Je croyais qu'apprendre les fondements de l'histoire me permettrait de comprendre le monde contemporain, mais les cours démarrent à l'Antiquité, d'ici qu'on atteigne la Longue Marche de Mao, je me serai lassée. Je le sens déjà. À haute voix, le flic lit un compte rendu n'ayant aucun intérêt, le ponctuant à chaque fin de phrase d'un regard neutre, très professionnel. Il ne peut pas en venir aux faits au lieu de me faire perdre mon temps ? Je me méfie. C'est une règle. Des flics qui marchent en justicier l'arme en évidence, mais encore plus de lui avec son grand front d'Occidental stressé. Un réflexe instinctif, renforcé par trois raisons. Un, je fais partie de ce qu'on appelle les jeunes. Deux, à première vue je n'ai pas l'air d'être ce que je suis, française. Née en France, à Angoulême. Je suis de nationalité française mais l'erreur est humaine, surtout chez les flics. Et les Asiatiques en situation illégale sont réexpédiés comme les Africains en envoi express… Sans accusé de réception. J'enlève mon écharpe de laine, me lève pour ôter le sweat à capuche emprunté à Gilan. Dix fois trop grand pour moi et c'est ce que j'adore. Avec ça sur le dos, j'ai l'impression de porter la peau d'un ours. La troisième raison est que je suis impulsive. Rebelle, dit ma mère si bien intégrée à la société française. Je lorgne sur le radiateur qui occupe la largeur de la pièce. On meurt de chaud dans ce bureau. L'augmentation du baril de pétrole et du gaz, les flics n'en ont rien à faire. Ce ne sont pas eux qui paient.

– Mademoiselle !

Le convecteur de mon studio, je ne l'ai pas allumé depuis mon emménagement. Et chez Gilan, on se gèle aussi…

– Soyez attentive.

Il a croisé les bras sur son bureau, se tait. Ses doigts maigres arrachent le téléphone, qui sonne à nouveau. Bon, ne pas craquer, il me vouvoie. C'est correct. Je lui répondrai peut-être. Par la fenêtre, je vois les arbres et en face la tour violette du « Manoir de la peur ». Pourquoi me faire venir au commissariat de l'arrondissement où habite Gilan ? En appui sur son bureau, buste dressé, il se penche vers moi. Je recule devant l'odeur de tabac qui me frappe au visage. Devait être sorti fumer sa clope dans l'arrière-cour, quand il s'est pointé dans mon dos. L'air excédé, cette fois il hausse le ton :

– Je répète ma question : À quelle heure avez-vous quitté le domicile de la famille Levallois ?

Je fais la moue, relève ma manche sur mon poignet nu. Je ne porte pas de montre. Son torse s'avance encore plus vers moi, la tête en avant comme celle d'une tortue hors de sa carapace. Ses pupilles se concentrent sur les miennes. S'il croit m'intimider, ça marche. Ses yeux bleus sont devenus électriques. Ses narines palpitent. Image impudique. Je prends mon visage de Chinoise énigmatique. Son regard dévie, revient balayer ma triple tenue de nomade urbaine. L'épais cache-cœur rouge empilé sur une robe en laine grise, les tee-shirts invisibles et les jeans. Vu son regard sceptique, le flic ne fréquente pas de filles dans mon genre. Il ne peut deviner que je suis habillée ainsi pour la fac. Un no man's land dans la banlieue de l'Antarctique où les étudiants se gèlent dans des salles préfabriquées. C'est bien parti pour que je me caille tout l'hiver.

– Le téléphone portable du père indique un appel passé et réceptionné à son domicile. Il était minuit cinquante-sept. Vous étiez seule dans l'appartement, à part le bébé, c'est donc vous qui avez répondu à son appel ?

Rien à dire.

– Oui ou non ?

– Oui.

Quand ses lèvres esquissent un air satisfait, c'est pire.

– Vous êtes donc la dernière personne ayant eu un contact avec lui.

– Son père l'a vu après moi.

– D'après mon constat, non.

– Il dormait à mon départ.

– Il ne s'agit pas de l'enfant.

Il se rassied enfin, mais sa tête de tortue desséchée reste tendue dans ma direction. Menaçante.

– Pouvez-vous me répéter ce que vous a dit le père lors de l'appel que vous avez reçu de lui ?

– Il m'a dit de partir.

– Qui vous a dit de partir ?

– Le père. Mon interlocuteur s'est présenté comme le père du bébé.

– Le père vous a appelée pour vous demander de partir… en laissant son fils seul ?

– Il était en train de se garer. Il a ajouté que je pouvais partir sans m'inquiéter, qu'il serait là dans cinq minutes, que je n'avais pas à l'attendre.

Sa tête reste immobile, mais sa main gauche triture la souris noire.

– Qu'avez-vous fait ?

– Je suis partie.

– Sans attendre le père ?

– Oui.

– Vous l'aviez rencontré précédemment ?

– Non.

– Pourquoi ne pas avoir patienté le temps qu'il se gare ?

– Je m'étais engagée à rester jusqu'à une heure. (Je lève les yeux au ciel.) Passé une heure du matin, j'arrive aux cours du lendemain dans de mauvaises conditions.

– Et votre salaire de la soirée ?

– Je passe par une association qui le perçoit et me le reverse.

– Qu'avez-vous fait au domicile des Levallois ?

– J'ai gardé le bébé.

Plusieurs secondes s'écoulent, sans qu'il ne bouge. J'en conclus que l'entretien est terminé. J'esquisse un mouvement pour ramasser mon sac. Sa main droite s'élève dans les airs, m'obligeant à rester.

– Attendez un peu. Lundi soir, vous êtes la dernière personne avec qui M. Levallois a parlé. Avez-vous rencontré sa femme, Mme Levallois ?

– Non.

– Très belle femme, Mme Levallois, d'après la concierge, qui ne vous a pas vue arriver, mais a vu descendre la jeune fille qui vous précédait auprès de l'enfant et que vous avez croisée au domicile. Blonde, yeux clairs, vous confirmez ?

– Oui.

Je soupire.

– Vous avez pris le relais pour la garde de l'enfant. Passer la soirée dans ce loft en plein cœur du quartier branché, l'un des mieux cotés par les agences immobilières, vous a certainement permis de constater, disons, l'opulence actuelle de la famille Levallois. N'est-ce pas, mademoiselle ?

Je m'abstiens de parler. Je ne vois pas où il veut en venir. Si pour cinq heures payées au SMIC, je dois gaspiller une matinée au commissariat, autant m'abstenir la prochaine fois. Elle commence à me plaire, l'association « Allo baby-sitter ».

– Reprenons. Hier, lundi, M. Levallois doit s'absenter en urgence. Pour assurer la garde de son jeune enfant, il appelle deux personnes successivement. Or, vous êtes la seconde et par conséquent la dernière personne à avoir quitté le domicile de la famille.

Il rétracte enfin la tête dans son col roulé noir, se déplie, le bureau entre nous :

– Le décès de M. Levallois remonte aux premières heures du jour.

J'ai du mal à réaliser.

– M. Levallois a été victime d'un homicide.

Quand je comprends, je me redresse, accrochée aux accoudoirs, yeux écarquillés. Le mec chez qui j'étais est mort ! L'agresseur s'est fait agresser ? La Tortue profite de mon trouble :

– Vous maintenez ne pas l'avoir rencontré, hier soir ?

L'information me déclenche un flot d'émotions contradictoires. Que j'ai du mal à contenir. Ce mec n'était pas net. Mon intuition était bonne. Trop d'images se pressent dans ma tête. Je m'oblige à faire le vide. Réponds après un temps :

– Je vous ai dit que je ne l'avais pas attendu.

– Et vous ne l'avez pas rencontré un autre jour ?

– Non.

Je tente de cacher panique et incompréhension sous un air renfrogné. Je ne veux pas lui parler du taré dans le passage. Ne lui donner aucune ouverture. Ma méfiance à l'égard des flics l'emporte. Il me fixe sans me lâcher quand je me tais, ne profite pas de mon état de choc.

– Vous avez pu avoir affaire avec sa femme ?

– Non.

Le diaphragme en béton, je peux à peine respirer, encore moins avaler ma salive. Manque de chance. Des filles qui gardent des bébés, il y en a par douzaines à Lyon et il faut que cette histoire m'arrive à moi, qui ne suis dans la ville que depuis un trimestre.

Le flic contourne le bureau :

– Avez-vous constaté quelque chose d'anormal en quittant l'appartement ?

– Non.

– Un bruit ?

Je secoue la tête.

– Du mouvement dans l'escalier ?

– Non.

– À l'extérieur…

– Non.

– Dans la cour ?

Pourquoi tant de questions ? Ses paupières battent. Mes pensées tourbillonnent. Zone de turbulence. J'ai de plus en plus chaud. Je m'agite, pressée de sortir. Sa tête pivote, semble réagir à des sons que je n'entends pas. Ce flic, vrai radar ambulant, fait comme si je n'existais pas. Son index droit tapote la souris. Son attitude soudain me file la rage, me secoue. J'en ai assez de perdre mon temps dans ce face-à-face. Il demande en articulant :

– Vous n'avez rien à ajouter ?

– Non.

– Je vous remercie pour votre collaboration, mademoiselle Gentil.

Il insiste sur le Gentil, moqueur et souriant. Trop facile.

– Comme vous vous en doutez, mademoiselle Gentil, au vu des circonstances, nous aurons besoin de vous entendre à nouveau.

L'information flotte avant un silence trop long, insidieux. Que recouvre ce « nous » menaçant ? Et pourquoi devrais-je revenir ? Hier soir, j'étais morte de trouille devant le portrait du père et ce matin, il est mort ! Mais moi je suis vivante, n'est-ce pas une forme de justice ?

– Son corps a été retrouvé à l'aube dans la cour de l'immeuble.

Mort, quatre lettres, un mot court pour l'éternité.

Je lutte contre des images de cadavre, de morgue qui remontent à mon cerveau. L'association qui m'a refilé ce plan foireux peut compter sur moi, je vais lui faire une pub d'enfer ! Je viens de trouver le slogan : « Allo serial killer » !

– Le corps était sur les poubelles.

Celles contre lesquelles je me suis cognée en arrivant ? Je frissonne avant que mon corps ne devienne raide, pesant. Fallait vraiment que ça tombe sur moi. Une porte claque dans le couloir, une voix jeune lance des insultes, des fonctionnaires lui répondent sèchement, le silence retombe.

– Le corps du père.

– J'avais compris.

– Évidemment.

M'agace sérieusement à égrener ses bouts de phrases. C'est quoi le jeu, combler les trous ? Qu'est-ce qu'il veut ? Que j'étale ma pitié ? Que je m'inquiète du bébé ? Que je vomisse là sur son bureau ? J'ai rien à lui dire. L'association m'a envoyée chez les Levallois, j'ai fait le boulot pour lequel j'étais payé. Point. Cloisonner mon cerveau. Pas de flash-back de ma soirée tant que je suis à la police... Le regard soupçonneux du flic me pousse dans mes retranchements.

– Le père aura fait une déprime post-natale, déprimé par tant de richesses, il s'est suicidé...

Devant son air sidéré, je me tais. Il ne s'attendait pas à une réplique caustique de ma part, ça, c'est sûr. Son cou s'étire démesurément pour me dévisager. Relevé, son col en cuir ressemble au bord d'une carapace d'où sort sa tête. Le bleu de ses yeux est transparent. Je me tasse au fond du siège.

– Vous ne m'avez pas compris, mademoiselle. Il s'agit d'un homicide. Une enquête est ouverte.

Et soudain, changeant de rythme :

– Des empreintes, c'est ce que l'on trouve le plus couramment sur les lieux d'un meurtre. Voyez-vous, ce qui serait étrange, ce serait de ne pas en trouver. Dans le cas présent, il y en a partout. Un officier s'emploie à les relever. La police scientifique fera son travail. Vous serez rapidement convoquée. En attendant, un collègue va recueillir les vôtres.

Je suis dans une mauvaise série policière ou quoi ? J'en reste muette. Mes empreintes ! La Tortue me fait signe de le suivre à la banque d'accueil. Se met dans mon dos pendant que l'uniforme de service ouvre une boîte avec dextérité. Pose le tampon encreur devant moi. Un tampon encreur ! À sa vue, je réprime un rire nerveux. Je croyais mettre le doigt dans un boîtier numérique sophistiqué, synchronisé à une webcam. J'écrase la dernière phalange du pouce gauche sur la mousse ronde puis sur une espèce de transfert. Au moins avec ce système archaïque, ils n'auront pas ma photo dans leurs fichiers.

Couvercle et tiroir claquent. Le fonctionnaire retourne à son logiciel. La Tortue tourne les talons. Dit sans se retourner :

– Au revoir, mademoiselle.

J'aurais mieux fait de la boucler jusqu'au bout de la séance. Homicide, meurtre, ça craint. Frime, colère ou inquiétude, je ne sais pas pour quelle raison je me suis lâchée. Quelle idiote !

Agathe

Choc thermique. Après la chaleur étouffante du commissariat, le froid brutal me saisit. Je resserre la capuche, enfile mes mitaines. Des femmes, panier au bras, pressent le pas en direction du marché. La banalité de la vie. Un homme est mort. Mon pouce a des traces d'encre. Besoin d'un café, de me remettre d'aplomb pour réfléchir. Je tourne le dos au commissariat, pressée de m'en éloigner. J'accroche mes pas à ceux d'une petite femme en toque de fourrure. Et dire que gamine, je rêvais de devenir commissaire. À cause de ma mère, fan des séries policières programmées par les trois chaînes de télévision. À dix ans, j'ai fabriqué une carte de police barrée de bleu, blanc, rouge que le petit voisin de palier m'avait plastifiée avec la machine de son père. Un cadre métallique, branché sur l'électricité, qu'il rabattait sur le socle, et le plastique transparent était soudé autour de la carte. Rémi, il s'appelait Rémi, des années que je n'ai pas pensé à lui. Pourtant j'en ai passé des mercredis en sa compagnie à rechercher à la loupe indices et preuves dans l'immeuble. Jusqu'au jour où son grand frère a été arrêté parce qu'il trafiquait des voitures. Rémi étant mon premier amour, je suis passée avec lui de l'autre côté de la loi sans hésiter. Pendant le trimestre suivant, j'ai joué à être la complice d'un grand bandit en chantonnant « Bonnie and Clyde ». Jusqu'à ce que le Rémi tombe amoureux d'une de mes copines du CM1. De moi, il n'en a plus rien eu à cirer. Il a fallu que je sois convoquée ce matin au commissariat pour que mon premier chagrin d'amour me revienne.

Sous les arbres du boulevard, les étalages de légumes relégués derrière la vogue viennent jusqu'à la terrasse de la brasserie. Poireaux et salades givrées font triste mine. Je lâche un long soupir, pousse la porte du « Chanteclerc ». À peine attablée derrière les vitres, le portrait du mort revient au galop hanter mon cerveau. J'en ai l'estomac retourné.

Je l'ai observée longtemps, sa photo. Plantée à la tête du lit du bébé, je l'ai décortiquée, analysée pour comparer ses traits avec l'image unique de l'autre nuit bloquée dans ma mémoire. Hier soir, chez les Levallois, je regardais un papa heureux tenant, allongé sur son avant-bras, un nouveau-né. La nuque du bébé au creux de la main. Sa femme contre lui pour compléter le tableau. Je ne savais plus. Ce portrait de famille géant m'aurait moins étonnée dans la communauté asiatique, si respectueuse de ses aïeux, que chez ce couple ambitieux.

Je n'ai pas réussi à déterminer s'il s'agissait du même homme. Dans la ruelle, j'avais affaire à un pervers, un sadique au rire diabolique… J'étais menacée, traquée.

Même après avoir retourné ses papiers, je n'étais toujours pas convaincue… Trop d'émotions complexes m'ont empêchée de balayer la première impression ressentie face au portrait. Et je me sentais étrangement mal dans cet appartement si confortable. Lisse et dénudé, sans âme.

Hier soir, je voulais croire que le père et mon agresseur étaient un seul homme. Pour me libérer de l'angoisse, être définitivement soulagée.

De toute façon, il est mort. Son cadavre est entre les mains de la police. Il ne fera plus de mal.

En commandant un café, je remarque les regards appuyés que me lancent les lycéennes de la table voisine. L'une d'elles esquisse un sourire charmeur à mon intention. Mon look androgyne plaît. Si elle savait la violence intérieure qui me ronge. Celle dont je ne peux pas parler aux gens que j'aime sans avoir l'impression de violer un tabou. Avec Gilan, je devrais réussir à en parler… plus tard. En attendant, heureusement que ce flic n'a aucun moyen de deviner ce qui s'est passé dans ma tête chez les Levallois.

Je ne changerai pas d'avis, l'homme qui m'a coincée n'a pas le droit de vivre libre. Pourvu que la victime et mon agresseur forment une seule et unique personne ! Le monde sera débarrassé d'un taré et moi avec. C'est glauque de finir sa vie sur des poubelles. Je passe sans transition de la colère à la culpabilité. De la rage à la peur.

Je tends mon visage vers la lumière pour oublier la mort. Les lycéennes s'en vont en riant. Le café est amer, cher, le soleil doux à travers les vitres et le tout me redonne le courage d'affronter la journée.

Dehors, les manèges ouvrent leur caisse, des troupeaux de mômes ne vont pas tarder à les assaillir. Le mercredi, c'est vogue en folie dès le matin. Ce coin de paradis devient insupportable sous l'emprise des haut-parleurs. Les bonimenteurs hurlent, rabattent les clients devant les loteries, le tir aux peluches et l'espèce de *shaker* où on les enferme pour mieux les secouer. C'est bizarre une fête foraine en centre-ville, surtout dans ce quartier branché où marché bio et vélos sont de rigueur. Drôle de contraste.

Au-dessus de ma tête, les petits avions tournent, montent et descendent autour d'un axe. Les gamins au volant s'éclatent de bonheur et d'excitation.

C'est plutôt joli, ces zingues sur le ciel bleu pâle.

Je m'engouffre dans la station de métro à contre-courant. Au fond de moi, le mort pèse des tonnes. Je piétine sur le quai. Mon vieux portable n'affiche aucun réseau. De toute façon, quand Gilan travaille en entreprise, il est injoignable.

Dans la voiture, je me cale le dos en sens contraire à la marche, la descente des pentes est hyper raide. Avec Gilan, je navigue vers un rivage inconnu, imprévisible. Cela m'enivre. Au souvenir de ses lèvres dans mon cou, la chaleur me monte aux joues. Même en plein malaise, penser à lui me trouble. De nous deux, c'est pourtant moi la plus sensée. Lui, c'est un sale gosse. Et c'est ce qui me fait fondre, son côté sale gosse.

Ce mec, il m'est tombé dessus. Stoppant sa course pour moi. Je n'ai rien demandé et il était là à me regarder avec ses yeux noisette mouillés de tendresse refoulée. J'ai failli en lâcher mon dernier carton. Avec mes parents, on était venus à bout de mon déménagement, la fourgonnette louée pour l'occasion était vidée. Ils bricolaient, l'un mettait des ampoules électriques, l'autre des rideaux, dans mon studio sous les toits. J'étais seule sur le trottoir, quand j'ai vu ce beau mec traverser le quai. Une foulée de prince des stades dans la chaleur de l'été. Il est venu droit sur moi. Je connais la scène par cœur. À force de me la rejouer avant de m'endormir. J'ai aussitôt aimé sa voix :

– Tu as besoin d'aide ?

– J'ai pris le dernier carton.

– Tu emménages seule ?

– Je commence la fac ici.

– Tu n'es pas du quartier.

– Non.

– Tu ne connais pas la ville ?

– Non.

– Derrière ton immeuble, il y a un escalier qui monte au sommet de la colline. Un quartier plutôt cool. J'habite là-haut. C'est à dix minutes en descente, le double en montée sauf si tu grimpes en courant les trois cents marches.

– Tu cours souvent ?

– Oui. Et toi ?

– J'aime ça.

– Tu vois la masse de feuillages, de l'autre côté du pont ? C'est le parc de la Tête-d'Or. Des allées sont réservées aux joggers, c'est pas mal. Tu as vraiment mal choisi ta location. Cette portion du quai est pourrie à habiter. Y a rien à part les bagnoles. Le Plateau de la Croix-Rousse n'est pas loin. J'habite la rue d'Urville, sinon tu peux me trouver le soir sur une péniche : « La Bargeazique ». Amarrée à Saint-Georges.

– …

– Salut.

Il est reparti en courant avant que je ne réagisse. Des mecs qui font du footing, y en a plein les voies vertes, les trottoirs et les parcs. Y a ceux qui dandinent des fesses, qui moulent leur mollets dans des collants, ceux qu'en bavent pour éliminer leur ventre mou et soufflent comme des phoques et puis il y a le spécimen rare, unique, qui nous fait ralentir, nous les filles qui courons pour les mêmes raisons qu'eux. Eh bien celui qui venait de s'arrêter pour moi, il était de la dernière catégorie. Je ne m'en suis pas remise.

Le métro freine, on arrive à Hôtel-de-Ville. La foule me porte, je sors du métro sans m'en apercevoir, continue d'avancer. Le ciel par-dessus le pont est turquoise, on dirait le Sud en hiver. Après les cours, j'ai un entraînement de karaté, je vais devoir attendre pour retrouver Gilan. J'envoie un texto en marchant : « rdv 21 h ché toi. SOS. Urge ». Dans l'entreprise où il bosse, il est interdit de garder son portable allumé. Par mesure de sécurité. Paraît que son patron vérifie ce genre de détails.

Première fois que je sors avec un mec dans son style. Lui, c'est le genre urbain, urbain des grandes villes. Look imprégné par la rue, de gros écouteurs vissés sur les oreilles, cerveau irrigué en permanence par la musique. Le corps au tempo. Il coupe le son quand je suis avec lui. Pas toujours. Un tchatcheur, qui écrit des textes entre slam et nouvelle chanson française. Au sourire désarmant, aux mains lentes et douces. Qui raconte de drôles d'histoires dans le noir, quand je ne peux plus voir ses yeux et que je me tais. Dont la voix au téléphone me fait fondre à l'autre bout du fil.

Je ne vais pas tenir si je continue à penser à lui comme ça. Marcher jusqu'au tramway me calmera.

Un mec pas effrayé par la tension que j'ai en moi, celle que je muselle par la pratique du karaté. Un mec qui se muscle chaque jour au cas où... Un mec qui saura me conseiller vis-à-vis du flic. Qui ne se laissera pas impressionner par un cadavre.

Agathe

Lucia-Paz me fait de grands signes depuis le vendeur de bouffe sous plastique. Je savais que j'allais la retrouver à cet endroit. Les jours où on a cours toutes les deux, on mange ensemble de la manière la plus économique. Cette fille, je l'adore. Elle se moque, agitant sa salade :

– Tu as écrasé ton réveil pour mieux te rendormir ?

– Pire ! C'est la voix d'un flic qui m'a tirée des bras de Morphée.

Son rire rauque fuse, éclate :

– À force d'éclater les rétroviseurs des Scénic à coups de pied, ça devait t'arriver. Petite terroriste !

– Tu parles, hier soir, je gardais un môme à la Croix-Rousse, à deux rues de chez Gilan, et ce matin les éboueurs ont ramassé le cadavre du père.

– Tu blagues ?

– Même pas.

Elle me regarde, grave, par-dessus ses lunettes. Ses yeux à elle sont ronds et brillants, deux pépites de charbon brut sous d'épais sourcils noirs :

– Tu les connaissais, tu avais déjà gardé le môme ?

– Non. C'était bizarre cette soirée. Faut que je t'en parle.

Elle se contient, vibre d'impatience, le temps que je prenne une barquette de carottes râpées et une pomme.

– Viens, on va dehors, et je t'explique.

On se pose sur le premier muret à l'écart de l'entrée de Lyon-II. Vu la température sibérienne, personne ne nous dispute la place. Lucia-Paz se fout du froid, elle a l'habitude. Elle habite Quito, capitale de l'Équateur, construite à 2 800 mètres d'altitude au pied d'un volcan, mais elle est originaire des Andes. Et moi, j'étouffe vite enfermée à l'intérieur. Derrière nous des parkings et le périphérique, devant nous un bel et unique amphi neuf posé sur son terrain vague avant le vrai terrain vague attribué aux Roms. Vraiment, le panorama idéal pour se remonter le moral. Peut-être que si Lucia-Paz et moi avions imaginé ce décor, nous nous serions inscrites dans une autre université, et notre rencontre n'aurait pas eu lieu. Elle me presse la main.

– Allez, raconte.

Je lui fais le récit de ma matinée au commissariat. Sur certains mots, elle me demande des synonymes, les répète en espagnol, sa langue maternelle, davantage par souci de perfection. Mon amie maîtrise très bien le français. Elle m'écoute attentivement, avec cette tension qui m'a immédiatement plu chez elle.

– Suicide ?

– Non, homicide. Avec enquête. Le pire c'est que, pendant la moitié de la nuit, j'ai souhaité la mort du père.

– Apparemment, ton vœu a été exaucé.

– Je me le demande.

Mon ton inquiet la fait aussitôt réagir :

– Arrête ! C'était de l'humour ! Si c'était toi la meurtrière, tu le saurais, non ! Vouloir la mort de ton père c'est freudien, mais pourquoi tuer le père d'un autre ?

– Sur le portrait des parents dans la chambre du bébé, j'ai cru reconnaître le taré qui m'a coincée en voiture en octobre.

– Quel choc tu as dû ressentir !

– Tu parles, je ne savais plus si je devais fuir ou me venger. Je n'ai jamais autant détesté un bébé.

Elle enlève ses lunettes pour me dévisager :

– Te venger ? ou le dénoncer ?

– Il est mort cinq minutes après mon départ. Je n'ai plus de questions à me poser.

– Tu as vu quelque chose ?

– Non.

– Entendu ?

– Non plus.

– Et le flic t'a dit si le père était propriétaire d'une Scénic ?

– Je n'ai pas demandé. Il trouvait suffisamment étrange que j'aie quitté le domicile sans attendre le père, même si c'était à sa demande. Il a beaucoup insisté sur la richesse évidente des Levallois… Avec l'air de croire que je fais du baby-sitting pour dépouiller les familles.

Elle se marre avant de reprendre :

– Le flic sait que tu es ceinture noire de karaté ?

– Tout ce qui est écrit ou enregistré quelque part, ce flic le saura.

– Et le père, il est mort comment ?

– Son corps était sur les poubelles de la cour, je suppose qu'on l'a poussé d'un palier. La famille habite un immeuble ancien de la Croix-Rousse, tu sais, à la montée d'escaliers ouverte sur l'extérieur.

– Je vois.

Les yeux de Lucia-Paz s'enfoncent, sous la barre des sourcils. Pendant un moment on n'entend que le raclement des fourchettes dans les boîtes. Elle me refile ses olives noires sans rien dire.

– Hier soir, tu as vu Gilan ?

– Non. J'ai insisté pour qu'il vienne, j'étais à côté de chez lui, mais il n'a pas répondu à mes messages.

Je sais que mon mec lui fait un drôle d'effet. À cause de l'unique soirée où nous avons pris un verre tous les trois au « 103 », un bar derrière l'Opéra. Elle murmure en regardant du côté du terrain des nomades.

– Ton ami habite à côté de la victime…

Je la coupe, effarée :

– Ne dis plus rien. Enlève ce soupçon de ta tête. L'autre soir, quand Gilan s'énervait en disant que s'il retrouvait celui qui m'avait coincée, il le tuerait, c'était pour t'impressionner. Je lui ai tellement parlé de l'amitié entre nous. À sa manière, il a voulu te montrer qu'il tenait à moi, lui aussi. Qu'il occupait une place.

– Je pensais à la réaction des flics lorsqu'ils vont apprendre votre relation. Ils vont remonter jusqu'à lui. Tu l'as appelé combien de fois de chez… le mort ?

– Deux, en début de soirée. J'ai insisté, je ne supportais pas de rester seule chez mon agresseur…

– Il ne t'a pas rappelée…

– Non. Après mon flip, j'ai mis un film. Je n'ai plus essayé de le rappeler.

– Attends, Agathe ! Tu veux dire que Gilan est resté dans l'idée que le père du bébé était ton agresseur.

– Arrête de réfléchir à sens unique. La police ne sait pas que je lui ai téléphoné.

– Avec les portables, nous sommes tous repérables. Le flic va te suspecter.

– C'est déjà le cas.

– Et remonter jusqu'à ton ami.

– N'importe qui a pu pousser cet individu. Lucia-Paz ! J'avais oublié…

Je tords entre mes doigts la fourchette en plastique qui claque et casse.

– Je n'appelais pas de mon portable mais du fixe. Celui de l'appartement des Levallois. J'étais paniquée…

– Que veux-tu dire par « paniquée » ?

– J'étais obnubilée par le fait de trouver quelque chose prouvant qu'il s'agissait du taré.

Elle grimace à son tour, réfléchit en triturant sa bague en argent, me tend une perche :

– Le flic a parlé de vol. Explique.

– Le truc dingue, c'est que j'ai fouillé l'appartement de fond en comble. Les flics vont trouver mes empreintes sur toutes les affaires de la famille. En voulant mettre un DVD pour me détendre, j'ai découvert une paroi coulissante que je n'avais pas repérée. Elle cachait un bureau avec une bibliothèque vide, à l'exception de boîtes d'archives.

Datées à la main d'un coup de marker. J'ai pris celle de l'année en cours. Des factures par dizaines, contrat d'acquisition de l'appartement et autres papiers du genre. Ces gens-là, Lucia-Paz, croulent sous le fric, le flic a raison. Dans une autre boîte, leurs feuilles de salaires étaient classées chronologiquement. Les Levallois travaillaient dans la même société à Dubaï pour des salaires faramineux. La femme a cessé son activité au milieu de l'année…

– À cause de sa maternité.

– Bien sûr, j'ai alors passé au crible les fiches de salaires de son époux. La société de Dubaï l'a rémunéré jusqu'à fin octobre.

– Octobre ! Tu as dû être soulagée, ton agression c'était en octobre.

– En lisant les papiers, oui. Mais le choc était trop grand, l'ambiance de l'appartement bizarre.

– Explique-toi.

– J'étais flippée, frustrée. Le portrait bien trop présent et son propriétaire absent… Je ne sais pas t'expliquer… Je me sentais à nouveau coincée, sous l'emprise d'un mec, c'était insupportable. Obligée de rester avec son môme, sans pouvoir empêcher le taré de s'attaquer à d'autres filles au même endroit. Tu te rends compte, le passage commence à cinquante mètres de l'immeuble où j'ai été coincée… Et s'il était rentré à l'improviste pendant ma garde ?

– Tu n'as pas parlé à la police de ton agression ?

– Non. J'ai ouvert la bouche au minimum.

– Si le père travaillait encore à Dubaï en octobre, il ne s'agit pas du taré qui t'a agressée !

– Un avion, et hop, il rejoint sa femme… Facile de se déplacer quand on a du fric.

– C'est loin pour un week-end.

– C'est ce que je me suis dit, quand j'ai été capable de raisonner. J'ai laissé tomber la parano. Même si un doute restait. Il a très bien pu venir voir sa femme, avec son fric tout est permis. Elle était rentrée seule en France, enceinte. Tu crois qu'un homme devenu père continuerait à agresser des filles dans la rue ?

– Si la paternité assurait au mâle humain un comportement sain sexuellement, on le saurait et on lui imposerait de procréer… Tu as remis leurs papiers en place ?

– À peu près… Mais la femme verra au premier coup d'œil que leurs affaires ont été fouillées. Ce sont des maniaques de l'ordre.

– C'est idiot de ne pas avoir parlé de ton agression à ce flic. Tu pouvais encore déposer une plainte, non ? Je ne comprends pas pourquoi tu ne fais pas confiance à la police, tu es née dans une vraie démocratie.

– En théorie, oui bien sûr. Mais assise dans le bureau, avec ce flic à la tête de tortue, j'ai préféré me taire.

Lucia-Paz fait la moue, elle n'a pas la même perception que moi de la société française. Je me retiens de lui dire que je me suis tue par peur d'orienter le flic sur Gilan. Elle s'imagine déjà qu'il a voulu me venger, ce n'est pas la peine d'en rajouter. J'éternue à plusieurs reprises, me lève :

– Je gèle. On rentre ?

– Regarde l'heure qu'il est ! Vite !

Elle se lève, me serre une seconde dans ses bras avant de s'élancer. Nous courons à travers le parking. Aux abords des bâtiments, des étudiants fument, sautillant sur place comme des moineaux. Rétroviseurs et flaques réfléchissent une lueur pâle, soudain le soleil jaillit, dissipant la brume. Les branches blanches de givre étincellent sur le ciel clair. Lucia-Paz fait mine d'attraper le soleil avant de rentrer. Dans l'amphi, les copains de notre cursus se décalent pour nous faire une place près d'eux. Quelques bises, sourires, au loin le prof disserte.

Qu'est-ce que je suis venue faire ici ? Je me le demande. Bien incapable de suivre un exposé sur la grammaire anglaise. Coincée au milieu des étudiants, mon interrogatoire, parce qu'il s'agissait de cela en fait, me revient. Par bribes, en désordre, angoissant. Drôle de flic, avec sa mèche, sa peau marquée. Lucia-Paz prend des notes assidûment, son air absorbé derrière la monture noire la vieillit prématurément. Je peux compter sur elle. Notre rencontre date de la rentrée, mais l'amitié a surgi entre nous au premier regard, le premier jour. Avec les filles, je me trompe rarement, par contre en amour… En général, je ne sais pas où je nage. Mais avec Gilan c'est différent. Avec lui aussi, l'entente a été immédiate et profonde.

Je ferme les yeux, afin de me concentrer sur son visage aux lignes tendues, décidé. Il s'affiche dans mon cerveau, reflété à l'infini par les miroirs de la brasserie où nous avons pris un verre avec Lucia-Paz. Ce soir-là, ses traits irradiaient une violente beauté. Son regard me bouleversait tandis que ses lèvres répétaient : « Je le tuerai ce salaud. » Comportement qui a affolé Lucia. Elle n'a pas lu la tendresse cachée au plus profond des yeux noisette qui me transperçaient. Je soulève les paupières, mon amie me fixe, interrogative. Je me décide, lui dis que je m'en vais, les autres se marrent sur mon passage avec des signes de connivence. Le prof a déclenché l'hilarité générale, je n'ai rien capté. Je fuis sans autre explication.

Je file le long des couloirs, pousse les portes, bondis par-dessus les murets du parking, le tout sans respirer. Mue par la rage. Je bute sur le flot de voitures des grands boulevards. Au milieu de la circulation, j'appelle son portable. Pourquoi a-t-il choisi de changer la musique de son répondeur justement hier ! J'imagine trop bien la réaction soupçonneuse du flic écoutant les paroles :

Belle dans les mains des rebelles
Qui t'ont capturée ma belle

Et que je vais déchirer
À grands coups de shrapnells
Belle, belle comme un AK-47
Mon amour, mon amour kalachnikov

La Tortue n'a pas le profil pour croire aux coïncidences.

Les flics vont vérifier mes appels, leur destinataire, et tomber sur Gilan. Pourvu qu'il soit clean. Avec les copains qu'il se traîne, je peux en douter. Faut que j'évacue. Renonçant à attendre le tramway au milieu des étudiants, je traverse la quatre-voies en direction du parc de Parilly. Dans les voitures garées, les automobilistes changent leurs vêtements de ville pour une tenue de footing. Je cours sur l'asphalte, sur la terre de l'allée qui grimpe entre les conifères. L'odeur résinée domine celle de la ville polluée.

Dans le silence qui m'entoure, mon pouls s'accorde au bruit mat des livres qui frappent mon dos. Je ne sens plus le froid, je sue, engoncée dans les vêtements inadaptés. Gémis au passage d'une racine, réalisant que je suis en bottes ! Au sommet de la butte, je ralentis, souffle, marche, m'accroupis au sol. Les feuilles dorées du charme, durcies par le gel, s'effritent entre mes doigts. Dans l'hiver, je fume comme une jument après une course d'obstacles. En bas, à l'entrée de l'hippodrome, un homme en vert fluo charrie une brouette. Le jour ne va pas durer.

Je continue en marchant. Depuis notre rencontre, les choses sont assez simples : Gilan n'est pas souvent disponible et moi je fais attention à ne pas trop l'être. Histoire de ne pas passer mes journées à l'attendre, de conserver ce bonheur d'amour. Entre la fac, le sport, les copains, la ville, les gardes d'enfants, peu de trous dans mon emploi du temps. Sur la murette d'une fontaine, je fais des étirements… C'est le manque de lui qui me rend accro. Des lentilles d'eau recouvrent la surface du bassin. Derrière son physique, sa peau, ses yeux tendres, qu'est-ce que je sais de lui, et lui, qu'a-t-il deviné de moi ? Qu'est-ce que l'on sait au juste des autres derrière leur apparence…

Gilan suit une formation en alternance. Quand il bosse chez son patron, il commence à sept heures du matin. Les semaines où il est en cours, il bâille d'ennui… Après sa journée, soit il court seul, soit il va voir des potes. Sa bande de copains immuables, insupportables. Je ne les sens pas, ceux-là. Heureusement qu'il a un boulot, l'entreprise qui l'a embauché fabrique des charpentes métalliques. Il soude, scie, règle des machines électroniques. Ce mec aime la ferraille. Les escaliers rouillés, les rampes tordues, les ponts métalliques, les carcasses de voitures compressées, la fausse tour Eiffel sur la colline de Fourvière.

Et son coloc fantôme ! Aucune trace. Absent depuis que je vais chez eux.

Signe particulier : Gilan garde une collection de clous rouillés dans une boîte planquée au fond de son placard. Je l'ai renversée par hasard en cherchant une serviette de toilette. Il ne s'en est pas rendu compte, alors je n'en ai pas parlé.

Dans ma tête, j'aime dire mon mec, ça sonne bien, et aussitôt ses yeux noisette se superposent au paysage.

Et vlan ! L'image du flic vient me gâcher l'ambiance. Celui-là, avec son air de fouineur obstiné, il n'est pas près de me lâcher.

Le ciel a viré au gris pâle, rosé à l'ouest. Fin d'après-midi en hiver. Le champ de courses est désert. Je termine la balade par une marche rapide, avant-bras en appui sur l'air tenace. Respiration saccadée, je me vide, shoote du pied dans les cailloux. L'un frappe un tronc avec force. La femme qui me croise s'accroche aux poils de son chien roux. Vieux chien fou qui grogne au vent. Elle fuit mon regard. Fin de la zone verte. Le froid me transperce à nouveau. Je n'aurai pas le temps de passer chez moi avant d'aller à l'école primaire où les petites m'attendent pour leur cours d'initiation au karaté. Retour à la réalité. Je vais retrouver les piaillements des gamines, leurs yeux brillants. L'admiration sans borne qu'elles me portent.

Les étudiants sont nombreux à attendre le tram. Mains dans les poches, écharpes jusqu'aux yeux, asexués, on a l'air de guérilleros transis, loin, bien loin de la jungle.

Prendre les armes, lutter. Cette fureur en moi surgit de zones d'ombre, déraisonnable. Je porte de lointains silences. Les maux de mes aïeuls inconnus ont épargné ma mère pour se fixer sur moi. Maman si paisible a donné le jour à une furie. Elle se dit sans famille. De quel exil suis-je née ?

S'il était brutal, Gilan me briserait. Mes prises de karaté seraient insuffisantes face à lui. Je le sais.

J'aime sa force retenue, le poids dense de son corps magnifique… Sa douceur… Ses gestes envers moi, quand nous faisons l'amour. Au bout de notre première nuit, je me suis endormie le temps qu'il descende à la boulangerie. Épuisée, incrédule de tant de bonheur. Il m'a réveillée en posant bols de café et croissants à côté du matelas.

Gilan ne parle pas de lui. Ne se raconte pas. Ses textes le dévoilent un peu…

Je tremble mais ce n'est pas de froid. Gilan, je l'ai dans la peau. Dans l'intervalle de nos rencontres, je me creuse. Je suis amoureuse à en crever. Moi qui pense que l'amour ne mène pas le monde.

Lumineux, le tramway s'approche en silence. Je bondis en premier à l'intérieur, me glisse sur un siège bleu. Pendant qu'il me ramène en douceur au centre-ville, je sors mon agenda. Prends la feuille pliée, dépliée mille fois. Lis les mots que je connais par cœur. Qui me brûlent à chaque lecture. Un texte de Gilan. Gilan, le poète. Qui commence par ces doux mots : « Pour toi, Grain de riz ».

Bris de verre
Brefs débris

Déchiré sur le bitume
À l'arrivée de la fille
Cris ensanglantés
Côtes éclatées
Je file son ombre
Corps de carton
Sur le fleuve égaré
Flottent ses yeux effilés
Pour elle je remonterai
Les eaux boueuses
Les remous glacés
Au rythme de mon pouls
Fracassé j'empilerai
Pour elle les bois flottés
Pour la réchauffer
D'une étincelle rouge
Jetée
Nous consumer

Les machines crissent, ralentissent. Le vrombissement général de l'atelier chute. Des particules de métal flottent dans la lumière. L'attention des ouvriers se relâche. J'ôte mon masque de protection. Respire un grand coup. Derrière chaque ouvrier, le caractère refait surface. Je les regarde, les fouille. Je cherche le monstre en eux, ne voit que des hommes fatigués.

À la pause café, je me la ferme. Compacte mon inquiétude à l'intérieur des viscères. Étire les bras, joue des épaules, file rapidement au vestiaire, ouvre l'armoire métallique. Si le boss me surprend portable en main, il va gueuler. Encore des messages d'Agathe. Elle me colle, doit se douter de quelque chose. Pas le temps d'écouter. J'appelle Vad, tombe sur sa boîte vocale, tant pis.

Je vais retrouver Max dans l'arrière-cour pour en griller une. Entre hommes.

La compagnie des hommes. Je la voulais. J'étais en manque. Je ne pouvais plus les supporter, ces bonnes femmes qui m'ont éduqué jusqu'à la troisième, effarouchées par les gros mots, les injures, les bagarres. Avec elles, je n'avais jamais le regard qu'il fallait, ma riposte était trop vive, mon rire trop malin. En primaire, le roi de l'ironie mordante, des coups bas verbaux, c'était moi ! Au collège, je jouais des muscles en silence, me pavanais. Elles ne m'ont pas loupé. Se sont acharnées.

J'étais obligé de jouer les caïds. Si j'avais suivi les conseils de grand-mère, je me serais fait massacrer à chaque récré. Mamie chérie, tendre, décalée. Loin de la virilité. Avec ses politesses du dix-neuvième siècle ! Ses confitures, pâtes de coings, bonnets tricotés et la console en cadeau… Oui mais sans jeux de combat ! Vad en avait pour deux, des manettes et des jeux de baston. Elle laissait faire. De toutes les leçons apprises par cœur pour l'école, je n'en ai retenu aucune, mais les vers que grand-mère disait, je les ai mémorisés :

Quand tu fais tes grands yeux je ne sais si tu mens
On dirait que l'averse ouvre les fleurs sauvages
Cachent-ils des éclairs dans cette lavande où
Des insectes défont leurs amours violentes
Je suis pris au filet des étoiles filantes
Comme un marin qui meurt en mer en plein mois d'août

Je les savais, bien avant qu'un professeur de français nous parle d'Aragon.

Grand-mère est partie rejoindre ses morts chéris. Au ciel, comme elle le leur promettait le jour de leur fête, quand je portais le pot de chrysanthèmes. Trop lourd pour elle. Les dernières années, je l'attendais à l'écart. Assis sur la pelouse du jardin de la mémoire. À l'endroit où les gens versent les cendres de ceux qu'ils ont aimés. Quand ils n'ont ni voiture pour aller les disperser ni la force de prendre un train pour leur offrir un dernier bain.

À l'atelier, les gars avec qui je travaille, ils ont eu des grand-mères, une mère et maintenant ils ont leur femme, leurs gosses. Devenir comme eux, je ne peux pas. Leur raconter ce qui me tracasse non plus.

Partager le café, les claques viriles, les blagues sur les gonzesses, avec les collègues trop vieux pour dire les meufs. Je me marre avec eux. On est une équipe, on est entre nous, entre mâles. Des muscles et des couilles, et un métier qui me donne l'indépendance. Sur les charpentes, je suis seul. J'oublie les autres. Je me sens vivre quand je me retrouve en tête-à-tête avec le ciel. Mon ciel, qu'il soit gris ou bleu, il est ouvert comme le large au bout de la plage. L'horizon absolu : aucun mur où butent les pensées. Même les anges en sont absents. Dans l'atmosphère, circulent les nuages poussés par le vent, les courants qui emportent avec eux les oiseaux migrateurs. Au-delà ce sont les détritus de nos satellites qui errent, les astéroïdes qui surgissent du néant, et encore plus loin de la Terre, c'est la liberté de l'espace vierge aux planètes inconnues. Je ne crois pas que grand-mère m'attende au ciel, mais cet été, chevauchant la poutre maîtresse, au plus fort moment de joie, je lui ai adressé un signe. J'l'ai saluée. C'est quelque chose, l'ivresse de l'immensité, la proximité du vent, du soleil. Comme dit Max : « Toi tu aurais dû continuer tes études et apprendre à piloter. » Il délire le Max, vu mon niveau j'aurais fini dans une usine à boulonner les pièces des Airbus sur une chaîne.

Ce matin, si je me laisse aller, je peux soupçonner tous mes collègues sauf Max, et encore… Un monstre à figure humaine sillonne bien les rues, maltraite les filles dans mon quartier. Pourquoi ceux-là seraient moins pires que les autres mecs ? Dans cette petite boîte, ils bossent dur pour pas grand-chose, pas même une prime à Noël. Juste le droit de faire des heures supplémentaires, de stagner dans les bas salaires. Le dos pété avant la retraite, usé. Quand on se fait exploiter, est-ce qu'on peut vouloir se venger sur plus misérable que soi ? Faire en sorte que ceux d'en dessous en bavent encore plus ? Les frapper, les exploiter ? Je regarde leurs mains calleuses, gercées, de travailleurs manuels, leur air balourd. Je peux pas le croire.

Je termine le gobelet de Nescafé, m'esclaffe avec eux. J'ai loupé la chute de l'histoire, mais vu les rires gras, les regards échauffés, je la devine. Pourtant, ce sont les autres, les pleins aux as, les gros poissons cotés en bourse qui sont capables d'exploiter des filles, pas mes compagnons d'atelier.

Mes potes, c'est pareil. Les histoires de cul, ça soude entre hommes. Hier soir, les quatre ne me laissaient pas en paix. Ils m'appelaient, voulaient que je rapplique faire la fête sur « La Bargeazique ». Quand j'ai laissé entendre que j'étais avec une fille, là ils ont abandonné. Respect.

Max me dit en retournant aux machines :

– Ne fais pas attention à ce qu'ils racontent. Le soir, ils sont aux petits soins pour leur épouse et le week-end ils montent les maquettes de leurs gosses.

– Peut-être, ou peut-être pas, va savoir ce qui se passe dans les familles !

Échange de clin d'yeux, nous regagnons nos postes.

La semaine prochaine, retour au lycée professionnel. Pas la joie. Par contre, j'aurai l'occasion d'aller voir la maigre, la documentaliste. Elle m'aime bien depuis que j'écris, avant je mettais les pieds au CDI que pour mater les meufs. Elle milite pour la défense des droits de l'homme, elle a souvent affiché des panneaux sur le travail des enfants, le racisme, des tas de trucs du genre. Et puis c'est son boulot de documentaliste, elle m'aiguillera sur des sites, des associations. Je lui cacherai l'existence de la fille. Mais je sais que je peux lui faire confiance.

Lundi, c'est trop loin. Ce sera trop tard pour les tuyaux. La fille a peur de rester dans le quartier. Elle veut partir sans attendre. Je ne sais pas comment la retenir. Je peux pas la prendre dans mes bras, la consoler, la rassurer. Ses yeux m'en empêchent. Noirs brûlés, bousillés. Trop de douleur en elle. Elle se ronge de l'intérieur. À l'extérieur, son corps est figé comme un bloc de granit. Muscles tétanisés, affolée au moindre bruit. Elle ne cherche pas à se faire comprendre. Panique à l'idée de faire confiance.

Si ça se trouve, ce soir, elle sera partie. Je serai soulagé.

Et triste à mourir.

Sa silhouette domine les marches. Une foule dense sort du métro. Il m'attend, mon cœur bondit, papillonne, fébrile. Il est là ! Comme convenu sur son texto. Vingt et une heures au sommet des escaliers. Il ne me voit pas. Regard fixe, visage immobile rendent son profil menaçant. Mais à mon approche son sourire éclate, le transforme. Dans une pirouette, il m'attire contre lui. Baiser sur la pointe des pieds. Il ébouriffe mes mèches noires contre son blouson blanc. Ses mains bloquent ma taille. Font passer le gros casque au son HD de ses oreilles aux miennes :

Belle…

– Pourquoi tu as mis ce morceau sur ton…

Doigt sur mes lèvres, il m'impose l'écoute. Bouche furtive dans ma nuque.

Belle comme une section de Panzers
Qui s'abat sur la Pologne
Dans un déluge de métal
Pour te ramener à moi

Il m'entraîne vers la sortie. Je le retiens. Dans le couloir en céramique, ma voix résonne trop forte :

– Je veux te parler d'un truc qui m'est arrivé.

– Chut ! Pour le mec que tu as retrouvé, ne t'inquiète pas…

– Mais…

– Je ne te laisserai plus partir seule dans la nuit. Je te raccompagnerai. Promis !

Gilan me plaque contre lui. Nez écrasé sur la fermeture éclair de son blouson, je tente de redresser la tête. Ses paumes serrant mes épaules, il ne m'écoute pas. Je lui rends le casque, crie par-dessus le bruit infernal que fait soudain la fête foraine autour de nous.

– C'est grave ! Écoute-moi.

Mais son regard passe au-dessus de mon visage. Mes mots se perdent dans le vacarme de la place où les stands font hurler mille musiques. Je me retourne et découvre ses potes. Sur le bord du premier manège à deux mètres devant nous. Il y a ses quatre copains que je n'ai pas envie de voir. Je le tire en arrière, veut le faire redescendre dans le souterrain de la station, le temps de lui parler au calme. Il le sait pourtant que je ne les supporte pas. Pourquoi m'impose-t-il leur présence ? Son sourire s'étire, il ne bouge pas, les mains sous mes aisselles, me soulève du sol.

– Mon Grain de riz. Un tour. Je t'invite. Tu causeras après. Ici on ne s'entend pas.

Je cède. Le suit. Il sort un jeton plastique de sa poche, le glisse dans le capot d'une voiture jaune. Me prend la main, m'attire sur le siège étroit. Je me retrouve broyée contre sa cuisse, blottie sur son épaule. Une secousse, il crie :

– C'est parti !

Notre voiture au milieu des autres, balayés par les flashs roses, violets des néons avec la sono qui déverse des « Que je t'aime, que je t'aime ». Serrer les dents. Ses potes sillonnent la piste deux par bagnole en beuglant. Toujours aussi discrets. D'un côté je m'agrippe à Gilan, de l'autre à la carrosserie. Je les vois venir. Ils nous accordent un tour tranquille avant l'assaut. Je n'aurais jamais dû accepter. Ce manège est un défouloir. Je déteste les rires autour de moi. Gilan s'éclate, les yeux brillants, le volant dans la main gauche, il me broie la taille de la droite. D'un même élan, les deux bagnoles nous prennent en étau avec violence. Sous le choc, je décolle. Ma tête tape la barre verticale à l'arrière. La main de Gilan me rabat contre le siège. Il hurle en se marrant :

– Trop léger ! Grain de riz !

Sur la piste, les chocs sont de plus en plus rudes. Plaisir et but : foncer sur les autres frontalement ou de biais, en visant de préférence les voitures conduites par des filles. Je vais sortir de là totalement cassée. Je suis crevée depuis le baby-sitting, le commissariat, la fac, le karaté. Sale journée. Je regarde Gilan s'amuser comme un gosse, refoulée à l'extérieur de son monde. De l'autre voiture, Vad me toise, sous son regard menaçant, le tour prend une allure de piège. Qu'est-ce qu'il me veut, celui-là ? J'ai la sale impression de passer une épreuve. La première, mais certainement pas la dernière, au vu des regards de connivence de ses quatre allumés de copains. Ils sont dangereux. Leurs regards enfiévrés me filent la nausée, seul le roux semble clean. Qu'est-ce qu'ils ont absorbé avant de sortir ? Gilan devrait les laisser tomber, et vite. Il leur fait un signe au-dessus de ma tête. Les voitures s'écartent. Nous terminons le tour, enlacés, au centre de la piste dégagée. Il conduit d'une main nonchalante, les yeux braqués sur moi. Vague de tendresse. Dans la voiture canari soudain immobilisée, il me serre très fort. J'oublie tout, me coule contre lui.

Main dans la main, on court se réfugier sur le parquet entourant le manège. Je regrette presque que le tour soit achevé, enfin pas au point d'en accepter un autre. Je dois lui raconter ce qui se trame. Je veux l'embarquer, lui parler, mais je réalise que c'est trop tard. Gilan est venu faire la fête avec ses potes. Il m'a accordé un tour, mais si la station de métro n'était pas au milieu de la vogue, je n'aurais pas eu de rendez-vous. Son regard est éloquent. Je n'obtiendrai pas davantage. Il ne me suivra pas. N'a pas de temps à me consacrer. Pas maintenant. Filles et garçons s'interpellent, se bousculent pour obtenir une voiture libre. L'ambiance est infernale. J'enrage. Mes yeux le foudroient, le vrillent. Les siens tentent de me capturer, abandonnent. Les miens se plissent dangereusement. Il articule :

– Range ton regard de tigresse. Ma virée avec les potes était prévue. Je te vois demain soir.

Un baiser dans le cou, un murmure :

– Mon p'tit Grain de riz.

Moue de regret, il sort un nouveau jeton de sa poche. Je m'agrippe à son épaule, rugis à son oreille :

– Hier soir, tu es passé à l'adresse ?

– Quelle adresse…

– À côté de chez toi, je t'ai donné les codes sur ton répondeur.

Il joue l'étonné. Me repousse, sourire énigmatique. Je crie :

– Deux messages…

– Pas écouté.

– Que veux-tu dire ? J'ai besoin de te par…

– Appelle-moi demain à la pause, à midi trente, Grain de riz. Je te répondrai.

Une caresse sur mes cheveux, il s'en va rejoindre les quatre affreux. Met son casque, saute dans la voiture où son grand ami Vad réajuste sa casquette. Il s'impatientait ! Vad, c'est celui que je supporte le moins, il y a une espèce de mimétisme entre eux deux qui me met mal à l'aise. Me glace. Furieuse, je dégage le terrain en jouant des coudes. Je n'ai plus qu'à me tirer. Fuir la place saturée de manèges nuls. Pas la première fois que Gilan me traite comme ça. En présence des quatre minables, il change, se la joue. Mais que, ce soir, il n'ait pas décelé l'urgence me déçoit. Un vrai coup de poignard. Tant pis si la police s'intéresse à lui et tant mieux si elle le convoque. Il n'aura que ce qu'il mérite. Pas la peine de me susurrer des mots doux. La rage au ventre, je cavale à grandes enjambées. Les passants s'écartent, se font rares. Je déteste qu'on se moque de moi. Tout à coup je sens la nuit froide dans mon dos. Le bruit de la fête n'est plus que murmures oubliés. L'angoisse d'une agression possible ressurgit. Je m'efforce de respirer calmement, ralentis pour me repérer. Le coin est désert, que des immeubles d'habitations, des voitures en stationnement. Il me faut plusieurs minutes pour comprendre que je suis partie à l'opposé, laissant stations de bus et métros derrière moi. Voulant rejoindre au plus vite un endroit animé, je m'égare dans des rues au calme hostile. C'est en grimpant sur les marches d'une école que je reconnais à l'horizon la trouée et les arbres du boulevard. Je cours dans sa direction. Pose le pied sur le large trottoir où des mecs solitaires s'acharnent sur les machines pompeuses de fric. Canettes et papiers collés aux baskets. Bout de fête foraine. Mauvaise donne. Je rentre la tête, me dissimule dans le sweat masculin. Obligée de continuer à pied, je traverse, emprunte la première voie qui descend. Personne ne me suit. Ultra-raide, la rue inconnue s'élargit soudain sur un jardin public. Agglutinés aux bancs, dealers et compagnie s'agitent dans l'ombre de ruines romaines. Fuyant les injonctions, je trace, cours dans un large escalier, reconnais soudain les lions de pierre noire à sa base, les marronniers dénudés de la place et les dizaines de vélos accrochés aux barrières. Leurs propriétaires profitent de la présence du commissariat. Le seul de la ville dont je connaissais l'emplacement avant cette sale histoire.

Cinq minutes plus tard, je traverse la place des Terreaux mouillée par ses fontaines. Les passants grouillent dans le quartier des noctambules.

Pas la peine de rentrer, je serai incapable de bosser sur mes bouquins. La Révolution russe attendra, de toute manière elle a déjà été vécue. Attirée par les illuminations sur l'autre rive, je traverse le Rhône, descends sur les berges. Un couple s'embrasse sur un transat du mobilier urbain, des SDF squattent les autres avec chiens et bières. Je devrais rayer Gilan de ma vie. Je marche au plus près du fleuve, passe les ponts aux dessous ponctués d'ampoules bleues. Footing, sprint, au rythme de mes émotions. Comment quitter un amour ? Je reprends mon souffle sous les champignons en béton de la piscine du Rhône. Des pieux géants aux ampoules bleues veillent enfoncés dans l'eau. J'appelle Lucia-Paz. Elle répond à la première sonnerie :

– Tu me rejoins pour une bière sur une péniche ? Je suis au pont de l'Université.

– Trop tard. Suis au lit et carbure à la verveine menthe. J'ai attrapé un gros rhume.

Le nez bouché combiné à son accent donne quelque chose d'étonnant.

– Viens dormir avec moi, tu auras un alibi pour le flic demain.

– Tu veux rire ! Je n'ai pas l'intention de le fréquenter tous les matins ! Reste au chaud, prends soin de toi, Lucia. Ciao.

Pas d'humeur à partager une tisane. Marre du fleuve, j'ai faim. Sur les quais, la fac ruisselle de lumières, comparativement à la mienne. Je m'engage sur le cours Gambetta, au loin la rue où se côtoient les boutiques *made in* Bombay et les vitrines africaines. Quelques marches sous un grand arbre, en contrebas, le petit quartier chinois m'accueille. Sans arche ni dragon. Je rentre dans le premier restaurant ouvert, « Au canard laqué ». La vitrine est au trois quarts vide, il est tard. Je commande une soupe au jeune serveur, m'assois à une longue table. Il m'apporte un bol brûlant. Le bleu porcelaine délicat entre les mitaines, j'inhale la vapeur, me réchauffe. J'aspire les nouilles avec délectation, il y a exactement ce qu'il faut de champignons pour que la soupe soit délicieuse. Quand ma vie redeviendra normale, je préparerai une soupe *won ton* pour Lucia-Paz. Elle aimera le doux nom des raviolis qui la composent : « avaler un nuage »… Le liquide brûlant passe de ma gorge à mon ventre. C'est bon.

Le garçon immobile a les yeux ailleurs et son expression est aussi douce que celle de Huan, embauché par mes parents. J'aimais bien faire la salle du « Shangaï 30 » avec lui. Il attend mon départ pour fermer. Je lape la dernière goutte de bouillon, il me sourit quand je le salue. Dès que je me retrouve dehors, je hais le froid, le pont à traverser, la ville, la solitude. Je grelotte sous l'abribus, le dernier bus qui me rapproche de chez moi n'est pas encore passé.

Un quart d'heure plus tard, je lutte contre le vent glacial sur le cours d'Herbouville. Axe de circulation en journée, parking la nuit, l'endroit est sinistre, j'ai hâte d'arriver à mon immeuble. Je n'aurais pas la force d'une nouvelle embrouille. Entre les phalanges en laine, mes trois clefs dépassent. Dressées. Les jointures de mes doigts serrés me font mal. Tiens, une Scénic garée. Vlan le rétro latéral vole en éclats. Je ris, voilà qui va me réchauffer. Je contourne la bagnole, passe sur la chaussée, prends mon élan, brise le gauche. En bottes, aucun ne me résiste. D'un dernier coup de pied, je l'achève. Le grand Black qui arrive me mate halluciné. Secoue son bonnet démesuré de rasta l'air de ne pas y croire. Je siffle entre les dents :

– Passe ton chemin.

La haine surjouée de mes paroles le fait repartir en accélérer. Je n'y crois pas ! Une p'tite Jaune qui fout la trouille à un grand Noir ! Enlacée au lampadaire, je fais trois tours victorieux. La peur que m'a flanquée le taré est en train de s'estomper. Je l'ai domptée.

Mais ce qui me rassure pleinement c'est, plutôt que la porte d'allée verrouillée, de grimper vers la lune. Ce soir, un mince croissant brille au firmament de mon appartement. En tournant la clef, sous la verrière, je compte les semaines qu'il m'a fallu pour retrouver le bonheur de marcher la nuit. Un semblant de bonheur. Des semaines à massacrer toutes les Scénic qui se trouvaient sur mon passage. C'est fini. Je craque une allumette, enflamme la bougie parfumée. Minuit trente-cinq au réveil. Je suis dans mon chez moi minuscule. Mon mec n'y est jamais venu, il n'a pas vu mes coussins de soie rouge, mes banderoles brodées d'idéogrammes, ni la photo du « Shangaï 30 ». Dire que je n'ai pas réussi à lui parler du meurtre.

Gilan est très fort pour éviter la parole. Le roi de l'esquive. Je croque dans le nougat au sésame entamé et, pour la première fois, je m'interroge sur ce qui a bien pu le faire s'arrêter le jour du déménagement… Pourquoi m'a-t-il choisie ?

Encore une question qui va repousser le sommeil.

J'ouvre l'enveloppe marron reçue au courrier. Un mot écrit par ma mère accompagne un CD gravé par mon père. Le genre d'attention dont j'ai besoin depuis que le souvenir du taré massacre mes nuits.

J'allume l'ordi, enfile rapidement une polaire sur mon kimono, rouge lui aussi. Écoute. Remakes de musiques de films chinois des années 1950. Signé maman. Pensée douce pour les parents que j'imagine profondément endormis. Après les aigus maniérés et délicieux des mélodies chinoises, une voix douloureuse entame un blues hanté… aux sonorités à décaper l'asphalte ! Comme les aime mon père. Les morceaux s'enchaînent entre poisse et rêverie… Joli cadeau des deux… Trop-plein de tendresse. Pour eux qui n'ont pas cherché à me retenir, qui ne comprendraient pas que leur fille sérieuse prenne du plaisir à casser des voitures. À qui je n'ai pas parlé de l'agression pour ne pas les inquiéter. Et maintenant ce meurtre. Trois mois à Lyon et paf, je croise un cadavre. La malchance continue.

Sous la couette, je me déplie avec précaution, le drap de dessous est froid comme un linceul. Si ce climat sibérien continue je vais emprunter un radiateur au flic… Je suis vraiment nulle… Sortir cette phrase idiote à la fin de ce qui ressemblait fort à un interrogatoire… « Le père aura fait une déprime post-natale, déprimé par tant de richesses, il se sera suicidé ! »

Pour un peu, j'ajoutais : « Et nous a débarrassés d'un taré ! » Je me suis retenue *in extremis*.

Tout à fait moi, ça. Je me contiens un temps, mais les paroles ravalées ressortent de manière incontrôlée.

À plat dos, prendre conscience de ma respiration. Laisser descendre le souffle jusqu'au bas du ventre… J'aurais pu aller dormir chez Gilan. Mon amoureux dont les caresses me portent au bout de la nuit. Pourquoi ne m'a-t-il pas proposé de le rejoindre après le départ de ses potes ?

Je suis réveillée par le portable. Je décroche sans hésiter, il n'y a que ma mère pour m'appeler aussi tôt ou Lucia-Paz. Pas de bol : c'est la Tortue et en direct ! Sans l'intermédiaire du standard. De quoi m'inquiéter.

Je m'habille en râlant. Maudis les portables, qui nous rendent toujours accessibles, pire, repérables !

Le flic veut me voir, en urgence. Paraît qu'il a absolument besoin de mon témoignage. Et pour cela, je dois me rendre dans un autre commissariat ! Dans un arrondissement où je ne me suis jamais aventurée. Trop loin, trop froid, trop peu dormi… J'ai sorti mille excuses en gribouillant la buée sur les vitres. Jusqu'à ce qu'il emploie le terme de convocation. La Tortue m'a fourni le numéro de bus et le nom de l'arrêt. Il devait avoir un GPS sous le nez.

Nouvelle sonnerie. J'hésite. Ne réponds pas. Mon correspondant insiste. Évidemment c'est lui !

Il propose de venir me prendre en bas de chez moi pour gagner du temps. En fait, il est en route et sera dans quelques minutes à mon domicile. Je rentre immédiatement son numéro dans la liste de contacts au nom de « Tortue », pour m'éviter les mauvaises surprises. Rince mon bol dans l'évier.

J'entends klaxonner. Je regarde le réveil, incrédule, ouvre ma fenêtre. La Tortue piétine sur le trottoir. J'hallucine : six minutes, il a mis exactement six minutes pour arriver en bas. Crise de parano. Pas possible : il était en planque devant chez moi. Il l'a trouvé, son coupable, il va m'accuser du meurtre !

Complètement perturbée, j'appelle ma mère à la rescousse qui ne répond pas. À cette heure-ci, elle fait les courses pour le restaurant. Je la vois sur le marché, bras chargés de légumes frais, son portable inaccessible.

Je rassemble mes bouquins, j'ai cours à quatorze heures. Avale un tube de granules d'arnica, enfile mes baskets. Je me suis massacrée hier à courir en bottes. J'ai un max de courbatures. Avant de tirer la porte, je jette un regard nostalgique à mon studio. Je ne sais pas ce qui m'attend.

Descendre les quatre étages me donne le temps de reprendre mes esprits. Ce n'est pas parce que la Tortue rapplique qu'il me soupçonne du meurtre. Je respire à fond, relève le menton, sans aucun effet. Je tire la lourde porte de l'allée, abattue. La vue au-dehors ne me remonte pas le moral. Le pont est coupé à moitié par une brume épaisse qui voile la végétation du parc sauf les cimes des cèdres, irréductibles. Je n'irai pas courir ce matin, mais je ne le laisserai pas m'accuser. Cela ne me plaît pas, mais alors pas du tout, qu'il m'attende devant mon domicile, je tente d'alimenter l'étincelle de rage qui couve en moi. Assis au volant d'une voiture banalisée, il fume vitre ouverte. Je vais à la portière, reste la main sur la poignée, dans le rétroviseur j'ai cru apercevoir une silhouette qui me met mal à l'aise. Un mec de dos, avec casquette. J'attends deux secondes, ouvre, m'assieds. La voiture démarre aussitôt, s'infiltre dans la circulation, la Tortue affirme, perspicace :

– Ce n'est pas de la police dont vous devez vous méfier.

Nos regards se croisent brièvement dans le rétroviseur. Derrière, le quai est désert. Pas de piéton. Aucune des voitures en stationnement ne démarre à notre suite. Vad n'a aucune raison de passer devant mon immeuble. Je deviens vraiment parano. Je me suis trompée. Pourquoi ai-je pensé à lui ?

– Je viens du commissariat du 4e arrondissement. Or, il se trouve que vous habitez sur le trajet entre celui-ci et celui où je vous ai convoquée ce matin.

Ben tiens, je te crois ! Mais je garde ma réflexion pour moi.

– Ceinture.

Pas la peine de s'exciter, j'étais en train de la mettre. Ce matin, il ne m'aura pas, je vais me la boucler jusqu'à ce qu'il me congédie. À cette heure-ci, les embouteillages bloquent les accès au centre-ville, aplati sous le sale couvercle humide. Les axes routiers des deux rives sont saturés, on va mettre du temps. Je baisse le pare soleil du bout des doigts. À l'emplacement du miroir, ne subsiste que la colle jaunie. La Tortue n'emmène pas souvent de femme dans sa voiture. Le cendrier déborde. Le son de la radio gémit, dégueulasse, réglé sur France Inter. Ma moue dégoûtée en fin d'inspection ne provoque aucune réaction du chauffeur. Il navigue imperturbable de file en file, avant d'être coincé par les bouchons sur la voie de droite d'un pont. Les larges piles en béton provoquent des remous impressionnants. Je me mords les lèvres, retenant une exclamation. Je viens de voir passer un mouton mort dans les eaux du fleuve. J'ai des hallucinations, ce n'est pas possible, pourtant la Tortue elle aussi grimace. Est-ce le vent glacial qui l'incommode ou le cadavre entrevu ? Il referme sa vitre, sans un mot. Son cou maigre flotte dans l'encolure d'une grosse parka noire passée sur son cuir. J'oriente les volets du chauffage, triture les molettes, pas un souffle d'air chaud. J'ai froid, il n'a pas l'air de le remarquer. Je tire sur mes mitaines, enroule les mains dans mon écharpe. Il bifurque sèchement, fonce par la voie des bus, passe à l'orange, s'engage à gauche, coupe des avenues, des lignes de tramway. Je perds le fil de l'itinéraire.

De ce côté du fleuve, la ville s'étend sans limite. On traverse des quartiers inconnus. Il freine, se gare en travers de places réservées. La morne avenue sous les arbres nus bute sur un énorme bâtiment aux lignes verticales qui me file le vertige. Hôtel de police. Il monte les marches, s'engouffre à l'intérieur sans me jeter un regard.

Je dois suivre, c'est évident, que son attitude m'énerve il n'en a rien à battre. Faut que j'en parle aux parents, je ne sais rien de mes droits. Suis-je obligée de venir dès qu'il le demande, de me déplacer, de lui répondre, de signer ou non ses formulaires ? Ce n'est pas Lucia-Paz, en France depuis la rentrée, qui pourra me renseigner. J'aurais dû m'inscrire en droit. C'est plus utile que l'histoire, j'apprendrais au moins à me défendre. Les locaux sont récents. La Tortue étire la tête en direction d'un distributeur dans un recoin vitré, donne un ordre au flic de la banque d'accueil qui me tend des jetons. Et disparaît dans l'ascenseur avec un autre uniforme qui visiblement l'attendait.

Si c'est la police qui régale, je ne vais pas me gêner. Bien besoin d'une boisson chaude. Ce trajet dans sa voiture pourrie m'a congelée. La prochaine fois, je lui demanderai de m'envoyer un taxi. Je fais ma fière pour me sentir moins perdue.

Une affichette annonce que la police scientifique recrute des techniciens. Techniciens, qu'est-ce que le titre dissimule comme tâches ? Passer la journée dans un laboratoire à décrypter des ADN ou passer la serpillière sur le lieu du crime ?

Derrière les portes, brouhaha de voix, sonneries de téléphone, les fonctionnaires sont en action, matinaux. Le temps s'écoule, il m'a oubliée au milieu des allées et venues et des couloirs. L'arrivée d'un jeune mec menotté me renvoie à mes pires inquiétudes. Notre âge à Gilan et moi. On dirait un de ceux qui trafiquent jour et nuit dans les ruelles derrière la place des Terreaux… La façon de frimer des dealers, l'oreillette reliée au portable… Les bagnoles surpuissantes qui freinent le temps de brefs échanges, l'occupation d'allées, de bouts de trottoirs, les conflits de territoires. Quand je remonte les Pentes à pied, j'évite de passer au milieu d'eux, ils sont trop lourds avec les filles. Mais c'est Gilan qui m'a éclairée sur leur manège. D'après lui, je ne risque pas grand-chose dans ce quartier, les flics en civil y sont aussi nombreux que les dealers. La drogue ne m'intéresse pas, je n'en ai jamais acheté et le milieu des dealers me fait fuir. Trop dégueulasse leur manière de se faire du fric aux dépens des autres.

Le jeune mec ne crâne plus, encadré par deux hommes et une blonde en uniforme très moulant… Drôle de tenue. Personne ne s'occupe de moi, je pourrais me tirer. Mais l'entrée n'est jamais déserte, il y a un flic en faction, les caméras sont partout. J'attends. La blonde repasse, une bombe aux gros seins. Les mecs qui fantasment sur l'uniforme doivent se faire avoir.

Quand la Tortue revient me chercher, j'ai les lèvres dans la mousse de mon troisième cappuccino. Je teste la saveur noisette. La lueur de bienveillance dans le bleu de ses yeux ne me dit rien de bon. S'il croit m'avoir achetée avec trois gobelets de breuvage lyophilisé…

– Alors mademoiselle, on s'ennuie, on a besoin de compagnie les soirs de baby-sitting ?

La Tortue attaque direct en ouvrant la porte.

– Je n'ai pas beaucoup de temps à vous consacrer. Vous allez m'écouter attentivement dès le début. Nous avons déterminé que deux appels ont été passés du fixe du domicile à l'heure où vous étiez présente pour assurer la garde de l'enfant. Aussitôt rentrée à son domicile, Mme Levallois nous a alarmés sur le fait que l'appartement avait été fouillé. Absente depuis quarante-huit heures, elle ne peut le confirmer de manière certaine. Cependant, son mari ayant des habitudes strictes de rangement, plusieurs détails l'ont fortement intriguée. Le numéro que vous avez composé à deux reprises est celui d'un portable appartenant à M. Gilan Ferri, or le domicile de ce jeune homme se situe dans le périmètre proche de celui de la victime. Vous lui avez ouvert les portes de l'immeuble ?

– Je voudrais appeler m…

– Votre avocat ? Mademoiselle, vous regardez trop la télévision. Les scénarios des séries américaines s'appuient sur le droit américain. Ici, nous appliquons le droit français. La présomption d'innocence est encore d'actualité, mademoiselle Gentil.

Heureusement que, sûr de lui, il m'a interrompue. Mes parents, je voulais appeler mes parents ! Ce qui ne servirait à rien dans l'immédiat à part lui donner l'idée de les contacter. Sans parler de l'image de petite fille ou fille à papa que je lui mettrais en tête.

– Reprenons, vous avez appelé votre complice, M. Gilan Ferri.

– Mon ami.

– Ami, complice… Vous lui avez demandé de vous rejoindre dans le luxueux appartement de la famille du bébé. Toujours tentant d'augmenter le salaire d'une soirée payée au SMIC par l'addition de quelques objets de valeur, facilement transportables. Surtout quand on peut les emporter à pied chez le jeune homme que l'on fréquente ou bien le charger de la course. Il est apprenti charpentier, vous boursière… Mme Levallois vous accuse d'avoir volé les bijoux qu'elle garde dans l'appartement. Mademoiselle Gentil, vous avez reçu une bonne éducation n'est-ce pas ? Une mère de culture chinoise sait transmettre le respect et la moralité… Ce jeune homme, vous le connaissez au plus depuis votre arrivée dans cette ville, ce qui ne fait pas très longtemps, convenez-en. Peut-être vous êtes-vous laissé entraîner. En venant de province, rencontrer un beau gosse comme lui dès le premier jour… L'analyse des empreintes recueillies dans l'appartement ainsi que sur l'objet utilisé pour frapper la victime est en cours. Mme Levallois nous a dressé une liste des bijoux volés.

Poings fermés au fond des poches, je ne bronche pas. Je ne parviens pas à cerner s'il pense ce qu'il me dit, ou s'il me met la pression.

– Un collier de trois rangs de perles, une parure en or blanc ornée de diamants comprenant une paire de boucles d'oreilles et une bague.

Maintenant il se tait, cliquant sur la souris d'ordinateur. Avec la main droite aujourd'hui. Il est ambidextre ou gaucher contrarié ? Des fenêtres successives s'ouvrent sur l'écran, des photos s'affichent. Quand il se rend compte que je regarde, il l'oriente autrement. Ne pas paniquer. S'il avait connaissance du contenu de mes appels, il aurait attaqué sur les codes d'accès. Donc, il bluffe. Je n'ai pas vu de bijoux dans l'appartement. Ni perles, ni diamants, elle délire la Levallois ou elle veut toucher l'assurance. Je regarde son profil, essayant de me préparer mentalement aux questions qui vont suivre.

Les yeux rivés sur l'écran plat poussé dans l'angle du bureau, sa bouche mâche des informations qu'il n'a pas l'air de digérer. Il est mal rasé, le poil pâle comme ses cheveux châtains, presque blonds. Soit il m'a oubliée, soit il fait semblant. Je tousse. La Tortue ne me regarde pas.

– Vous le connaissez depuis quand ?

– Qui ?

– De qui voulez-vous que je parle ? Où avez-vous rencontré Gilan Ferri ?

– Sur le trottoir.

– Il passait par là ?

– Il revenait de courir et nous a proposé son aide pour monter les cartons. C'était le jour de mon arrivée à Lyon. Avec mes parents, nous terminions mon emménagement. Gilan revenait de courir au parc.

– Quel parc ?

– La Tête-d'Or. Il s'entraîne régulièrement.

– Ah…

C'est un bon point pour Gilan, le sport, c'est sain…

– Reprenons, ce garçon présente donc une excellente condition physique.

À sa voix, je devine mon don pour dire ce qu'il ne faut pas.

– Connaissez-vous ses parents, sa famille ?

– Non.

– Ses amis ?

– Pas encore.

– Le Roux, cela vous dit quelque chose ?

Je fais un signe d'incertitude.

– Vad ?

J'hésite, indécise. Il enchaîne.

– Admettons. Vous avez proposé à ce garçon de venir vous retrouver chez les Levallois pour égayer votre baby-sitting.

– J'étais seule pour garder le bébé.

– Mais il vous attendait à votre sortie de l'immeuble et vous lui avez remis les bijoux.

– Non.

– Lui ou l'un de ses amis.

– Mais non !

Il me regarde, l'air de mettre en doute ma réponse, n'insiste pas.

La minuscule souris s'agite entre ses doigts maigres, frénétiques :

– Lundi soir, Gilan Ferri avait rendez-vous sur une péniche, un bar à musique, amarrée à Saint-Georges sur la Saône. Vous ne le saviez pas ? D'après le barman, les quatre autres, dont Vad et le Roux en question, s'impatientaient car il n'est pas venu les rejoindre. Étonnant de la part de M. Ferri, non ?

– Je ne sais pas.

– Vous ne savez pas grand-chose. Il ne vous dit rien ou vous n'êtes pas curieuse ? Et qu'est-ce qui a pu le retenir chez lui lundi soir, avez-vous une idée ?

– L'envie d'être seul.

– Belle hypothèse.

Le bleu moqueur de ses yeux vire au gris clair. Je hausse les épaules.

– Pourquoi le couvrez-vous ?

Il ouvre un tiroir, en sort une photo. Le Roux, complètement tondu, attablé avec deux mecs très bruns, la trentaine, deux frères.

– Vous les connaissez ?

– Non.

– Le plus jeune, il pose son index sur le Roux, a déjà à son actif plusieurs condamnations dont neuf mois fermes. Pendant son séjour à la maison d'arrêt de Saint-Paul, il a été en contact avec des trafiquants de drogue lyonnais, qu'il s'est empressé de recontacter à sa sortie. Le GIR, groupe d'intervention régional, a procédé à l'interpellation des deux frères il y a quelques semaines. Marijuana, cocaïne, à Lyon, Lille, l'Angleterre. Apparemment, le Roux navigue dans l'entourage de votre ami.

Faudra que je revoie mes jugements, moi qui pensais qu'il était le plus cool des quatre. J'enrage de devoir donner raison à la Tortue : je ne sais pas où j'ai mis les pieds en tombant amoureuse de Gilan. Et ce qu'il m'apprend confirme mes inquiétudes sur ses potes. Mais ses copains ne sont pas lui. Je laisse échapper un soupir en m'appuyant au dossier.

– Lundi soir, votre ami est effectivement resté chez lui.

Il a pitié de moi ou quoi ?

– Il avait de la visite.

Je me sens devenir blanche. Un pincement terrible au cœur. Concentré sur l'écran devant lui, il ne relève pas ma réaction. J'aimerais avoir accès à ce qu'il consulte et qui l'intéresse autant. Qui l'informe sur Gilan ? Hors de question que je loupe sa pause de midi, j'ai de plus en plus de questions à éclaircir avec mon mec. Pas le moment de moisir dans ce bureau. Je décroise les jambes, m'avance sur le siège et redeviens sa cible :

– En apparence, vous avez un gabarit insuffisant pour porter un coup de la force avec laquelle M. Levallois a été frappé à la tempe. Mais on a déjà vu des êtres minuscules agir avec une force décuplée par la haine ou la colère, et la canne de golf est une arme redoutable. Bruce Lee aussi était petit et fin. C'est étonnant de votre part, mais vous n'aimez pas les films d'arts martiaux, mademoiselle Gentil, car lundi soir, ayant à votre disposition la collection complète des films de cet acteur, vous avez préféré visionner l'étonnant inspecteur Harry. Ce héros solitaire qui navigue en eaux troubles. Un choix particulier, judicieux, à moins que vous ne soyez sensible au charme irrésistible de Clint Eastwood. Qui, de très bon acteur devient excellent metteur en scène en vieillissant, n'est-ce pas ?

Cinéphile, en plus. Ça m'apprendra à ne pas remettre en place ce que j'utilise chez les autres.

Ses yeux clairs me transpercent. Couleur azur. Je me baisse pour attraper mon sac. C'est peut-être le moment d'ouvrir la bouche. Avec des réponses, il me laissera partir.

– Quel sport pratiquez-vous, mademoiselle ?

– La course.

– Vous aussi, c'est intéressant. Vous courez en salle ?

– En extérieur.

– Et vos entraînements au gymnase plusieurs soirs par semaine, de quoi s'agit-il ?

J'étire mes yeux pour paraître encore plus chinoise que je ne le suis et lui réponds, bien en face cette fois.

– Karaté.

La Tortue ne peut s'empêcher de me jeter un regard sarcastique comme tous ceux à qui je dévoile cette activité. Eh oui, la petite Chinoise pratique le karaté ! Total cliché pour un Européen. Bien qu'en Chine, se soit plutôt le kung-fu, le sport national, mais rares sont les Français qui s'intéressent à la culture chinoise. Et l'invasion de l'Europe par les produits chinois n'y changera rien. La Tortue réfléchit. Je viens d'aggraver sérieusement ses soupçons. Son grand front se plisse et, plissé, il reprend une taille normale. Il me fixe, me soupèse comme si j'étais sur un plateau de balance et que mentalement il empilait les poids sur l'autre plateau. Ai-je assez de puissance pour basculer un homme par-dessus une rambarde, oui ou non ?

Son regard me perturbe, grave. Je garde les détails : ma mère m'a obligée très tôt à apprendre un art martial. En primaire je ne tenais pas en place, j'explosais, me battais plus souvent que nécessaire. Les cours de judo étant complets, il ne restait que le karaté. J'étais la seule fille inscrite, ce qui m'a poussée à me dépasser. Très vite, je suis devenue accro. Mes cuisses, mon dos sont un peu trop musclés pour ma stature, mais il faut me regarder de très près pour le remarquer. C'est justement ce que la Tortue essaie d'imaginer, mais mes trois couches de pull ou sa pudeur l'empêchent de parvenir à son but. Semblant pencher pour le fait que je me moque de lui, il se lève, me renvoie d'un geste. J'obéis immédiatement. J'ai mon sac à l'épaule, quand il ajoute :

– Il ne vous manquait rien lundi soir en rentrant chez vous ?

– Non.

– Vous êtes certaine ?

– Oui.

– Nous avons trouvé ceci en inspectant la cour.

Entre ses doigts, apparaît une feuille blanche, plis usés, molle, comme restée longtemps dans une poche.

– Il s'agit d'un texte, mademoiselle. Un genre de poésie contemporaine que vous apprécierez certainement mieux que moi.

À l'aube d'un matin chagrin,
dans l'odeur des petits pains
une fille aux cheveux corbeau
bien plus belle que les oiseaux
apparue au creux de l'aube
une bride de tristesse liait
les deux flaques d'encre
de ses yeux effilés de Chine

– J'imagine que l'auteur de cette prose vous est totalement inconnu.

Incapable de surmonter mon émotion, je ne peux que me taire. Acquiescer. Parler ne ferait que m'enfoncer davantage. Et dans mon dos, quand je passe la porte :

– Ne quittez pas la ville, s'il vous plaît.

Ne pas quitter la ville ! Je m'éjecte de l'hôtel de police, avec l'envie de fuir loin et au plus vite. Au hasard, je remonte l'avenue dans l'espoir de trouver un moyen de transport. Je veux voir Gilan. Je dois lui parler, immédiatement. Le passant qui me renseigne me conseille de prendre le bus 23 jusqu'aux Cordeliers. Je râle de devoir perdre mon temps en trajets. Les nerfs à vif, complètement chamboulée, brassée à l'intérieur, je manque me jeter sous ses roues. Je monte sous les remontrances du conducteur et me laisse emporter. Quand je vois enfin apparaître le quai du Rhône, 12 H 24 s'affiche en chiffres rouges sur l'écran d'informations. Je me précipite pour demander le prochain arrêt. Une folle, j'ai l'air d'une folle. Le fleuve est mon unique repère, mon havre dans cette ville menaçante.

À deux pas, une ancienne passerelle. Le plancher suspendu tremble, frémit. J'arrive en son milieu sous un portique en pierre, loin du bruit de circulation et des oreilles indiscrètes. Douze heures vingt-neuf. Il est l'heure d'appeler Gilan. Les eaux sont troubles, tumultueuses. Je sélectionne avec appréhension le numéro de mon mec tout en cherchant d'éventuelles carcasses de moutons.

Cette fois, je n'entends pas la chanson de l'amour mitrailleuse. Il répond à la première sonnerie.

– Gilan, c'est urgent. Il y a eu un meurtre vers chez toi, c'est grave…

– Je suis au courant. La boulangère ne parlait que de l'assassinat, ce matin quand j'ai acheté mon sandwich.

– Ce que tu ne sais pas, c'est que j'étais chez la victime.

– Tu déconnes. Quand ?

– Lundi. Le soir du meurtre, je gardais son môme.

…

– Tu m'entends ! La police m'a déjà convoquée deux fois. Je sors de l'hôtel de police. Le flic qui s'occupe de l'enquête va te convoq…

– Tu lui as parlé de moi ?

– Non, il a eu ton numéro à cause de mes appels. Ceux où je te donnais les codes d'entrée de l'immeuble de la victime. Je les ai passés du fixe de l'appartement. La police nous soupçonne du vol des bijoux, mais je…

– Et merde.

– Les flics ont aussi trouvé un de tes textes. J'ai reconnu tes mots… et ils connaissent tes potes… et…

– Et alors ?

– Faut qu'on se voie, Gilan. Tout de suite.

– …

– C'est trop grave. Le flic nous soupçonne.

– …

– Tu es encore là ? Gilan, réponds-moi !

Sa voix reprend, chargée de rancune, dure :

– C'est vraiment pas le moment de me coller la police sur le dos. Tu déconnes, Agathe.

– Tu n'es pas venu chez le mort, tu ne risques rien, c'est moi qui…

– Trop facile !

– Attends, hier soir, tu ne m'as pas laissée placer un mot. On se voit maintenant pour…

– Impossible, je retourne aux machines dans une minute. Ne m'appelle plus.

– Quoi ! J'ai la police sur le dos et tu te défiles ! J'ai besoin que tu m'aides, le flic est trop bizarre, tout est bizarre dans cette histoire et toi tu...

– Agathe, calme. On se retrouve en fin de soirée, sur la péniche. Je te confirme l'heure par texto.

– Plus tôt, tu ne peux pas ?

– Non.

– Je passe te chercher à la sortie de ton boulot, et on...

– Non. Ce soir.

– Quelle péniche ?

– À Saint-Georges, « La Bargeazique », celle où je t'ai emmenée, où je dois chanter en janvier.

– Je...

– Je vais bosser.

– Gilan ? Bisous.

– Pareil.

Raccroché ! Le moment est mal choisi pour lui coller la police sur le dos, non mais je rêve... Il en est où, mon mec ? Avec sa voix chargée de reproche, de colère rentrée, et l'amour dans tout ça ? Il se fout complètement de ce qui m'arrive, aucune inquiétude pour moi. Dégoûtée, cassée, je me répète son dernier mot, « Pareil », dit pour couper la conversation. C'était trop de dire « Je t'embrasse » ? Envolée, la tendresse, la complicité ! Je veux en avoir le cœur net.

Je rappelle. Sa ligne n'est plus disponible. Il est en train de téléphoner lui aussi, sans mettre son interlocuteur en attente, alors que mon numéro doit s'afficher. Il ne veut pas me répondre.

Je me laisse glisser. Derrière moi, des lycéens passent, bavardant joyeusement. J'ai un haut-le-cœur. Le front contre la rambarde, je reste accroupie. Sous moi coule le fleuve. Le cœur à l'envers, je n'ai plus envie de retourner dans la ville où mon amour est en train de rejoindre la foule des anonymes. Et moi, j'ai la police sur le dos. La passerelle vibre. À tâtons, je vérifie dans mon agenda. La feuille pliée, preuve de notre amour, est toujours là. Comment l'autre texte est-il arrivé sur les lieux du meurtre ? Tombé de la poche de Gilan, vers les poubelles… Les allusions de la Tortue font leur chemin : Gilan est assez costaud pour assommer un homme au cours d'une bagarre et le balancer. Mais s'il s'en est pris à l'homme pour me venger, pourquoi m'éviter ? Le flic sait autre chose que je ne devine pas. J'ai ouvert la porte au doute, la tête dans les mains, je rougis aux pensées qui s'engouffrent : à moins que Gilan ait ses raisons pour reporter les soupçons de la police sur moi, uniquement sur moi…

Terrassée, je fixe les tourbillons du Rhône. Lentement, j'énumère ce que je sais de lui : la tendresse refoulée, nos corps à corps jusqu'à l'aube, la douceur, l'amour pour sa grand-mère, son ardeur à travailler le fer et la sensibilité exprimée dans ses textes.

C'est une histoire de peau, entre lui et moi. Impossible de tromper l'autre à ce point. Des mains comme les siennes ne peuvent pas donner la mort. Soupçonner mon mec ! Je suis en dessous de tout. La honte.

Vicieux de flic, il a réussi à me faire douter de Gilan.

Les eaux s'en vont vers le sud. Me laisser emporter, quitter les lieux du drame, serait plus simple. Mais je refais surface. Le brouillard matinal s'est évaporé. Je vais attendre pour appeler ma mère, qu'elle ne décèle pas dès le premier mot que je suis en danger. Mon téléphone vibre dans ma poche. La voix de Lucia-Paz surgit, pleine de vie :

– Je vais mieux, tu passes manger chez moi avant d'aller en cours ?

– J'arrive.

– Achète du pain. Une baguette.

Pour mon amie et son envie de pain français, je me relève, me propulse à l'autre bout de la passerelle. Son studio est à deux stations de métro dans le quartier d'Ainay, aux loyers élevés. Au centre-ville, les filles se bousculent pour entrer dans les boutiques H&M ou Zara, si je n'étais pas dans l'urgence, je ferais comme elles. Je m'achèterais un tee-shirt ou de la lingerie pour quelques euros. Consommer, parce qu'on a le blues, c'est archi nul mais c'est réconfortant.

Mon amie m'accueille en grosse veste tricotée sur son pyjama, louche à la main :

– Poulet aux bananes, comme à Quito !

Elle me regarde attentivement, étonnée par mon absence de réaction.

– Tu ne vas pas bien, toi. La police encore ?

– J'en sors. Je n'en peux plus.

– Tu me dis tout en mangeant, d'accord ?

Je la laisse dégager la table basse, poser les bols, qu'elle remplit généreusement. L'odeur épicée sous le nez ne me fait pas saliver. D'habitude, je suis gourmande. Pire, je me goinfre de ces plats exotiques.

– J'ai vu le même flic qu'hier. C'est de pire en pire.

– Mauvais rêve. À quoi ressemble ton flic ?

– Difficile à cerner.

– Intelligent ?

– Oui. Trop.

– Mais il te convoque comme témoin ?

– Il me suspecte, Gilan aussi, tu avais raison…

– Et tu en sais plus sur les mobiles du meurtre ?

– Le vol. Sa femme a déclaré le vol de ses bijoux, mais il n'y en avait pas chez eux.

– Tu n'as rien trouvé mais il devait y avoir un coffre que tu n'as pas vu.

– Peut-être.

– C'est grave ton histoire. Avec mort d'homme, la police ne va pas te lâcher.

– Ça craint, je sais.

– Tes parents sont prévenus ?

– Laisse-les en dehors de cette galère. C'est trop tôt.

Ma voix est montée d'un cran, Lucia-Paz s'inquiète aussitôt, elle pose sa main sur la mienne, la sentir aussi proche de moi me fait du bien. Je me lâche :

– La police a trouvé un texte de Gilan à côté des poubelles. Une feuille A4 comme celle qu'il m'a donnée.

– Tu crois qu'elle vient d'où ?

– Je n'en sais rien.

– Tu l'avais toi, ce texte ?

– Non. Il me l'a lu une fois, c'est tout.

– Cela veut dire que Gilan était dans la cour des Levallois. Ou que ton Gilan distribue ses textes facilement.

Je n'ai plus faim. Un vrai coup de poignard. Comment n'y ai-je pas pensé ?

– Tu devrais voir quelqu'un pour t'aider. J'ai vu le palais de justice, dans le quartier Saint-Jean, pas loin d'ici. Il y aura bien quelqu'un, un avocat, un employé qui pourra te conseiller.

Nous terminons nos yaourts devant son ordinateur portable. Dans l'annuaire électronique, Lucia-Paz trouve effectivement l'adresse d'une association d'avocats dans le secteur du palais de justice. Elle est enthousiaste pour deux.

– C'est à un quart d'heure d'ici. Regarde les horaires.

– Pour une fois, la chance est avec moi. Il y a une permanence cet après-midi.

– Je m'habille, j'avale du sirop et je t'accompagne.

– Et tes cours ?

– On rattrapera ensemble. Tu es plus importante que les cours ! Et avec la tête pleine de soucis, tu vas te perdre dans cette ville trompeuse aux deux fleuves. Tu veux un café ?

– Deux, pour me remettre d'aplomb.

– Liste les renseignements dont tu as besoin.

– Lucia, tu sais qu'en France, la justice doit démontrer que le suspect est coupable. Le flic a pris la peine de me le rappeler. Le suspect est considéré comme innocent. La présomption d'innocence…

– Ce serait pareil pour moi l'étrangère ?

– Si tes papiers sont en règle.

– J'ai un permis pour étudier, mais est-ce que je dépends du droit français ou du droit équatorien, je ne m'étais pas posé la question…

– Tu pourras te renseigner à la permanence.

– Plus tard. C'est toi l'urgence !

Le café, envoyé d'Équateur par sa mère, a une saveur incroyable, en le dégustant, je lui reparle de Gilan. Elle ne cherche pas à l'enfoncer, trop désireuse de m'aider à dénouer cette histoire. Et puis avec sa logique déroutante, elle me pose des questions qui ne me seraient jamais venues à l'esprit. En fait, j'ai tout à apprendre sur le fonctionnement de la police et de la justice de mon pays.

Mon amie me guide des ruelles autour de la cathédrale d'Ainay au quai de Saône. Le niveau de l'eau est très haut. Un large escalier de pierres blanches se perd dans les eaux brunes, vertes quand vient le soleil. Le bas port a disparu.

– Le quai pavé, les anneaux d'amarrage, avec les collines en fond, c'est beau, murmure Lucia-Paz admirative. Tu sais, je crois que je me sens mieux ici que sur les berges ultra urbaines du Rhône.

– C'est plus authentique, on sent le passé de la ville.

– Impossible de se tromper finalement. Entre le Rhône urbain et la Saône romantique. Regarde en face, l'alignement de colonnes ! C'est le palais de justice, à gauche de la passerelle rouge.

Arrivées au pied des colonnes, de grands panneaux informent le passant sur l'avancement des travaux de restauration. Ce palais de justice est fermé depuis plusieurs années ! J'espère que l'adresse de l'association n'est pas obsolète.

Nous courons jusqu'à la rue Saint-Jean, où se pressent les touristes. Pavée et piétonne, la rue traverse le quartier Renaissance au bas de la colline de Fourvière. Nous sommes déjà venues visiter ses cours intérieures, son église, ses restaus typiques. Soudain, j'étouffe un cri. Saisis le bras de Lucia.

– Là ! devant nous. C'est Gilan !

Il sort d'une allée, tête baissée dans la foule. Ses épaules se balancent, impressionnantes dans le volumineux blouson blanc, tanguent, émergent d'un groupe de touristes. Il nous précède de quelques enjambées.

Lucia-Paz s'élance sans que je puisse la retenir. Se retourne, déjà dans le sillage de la capuche blanche qui s'éloigne à grande allure, me lance :

– Va te renseigner. Je le suis…

– Mais…

Je reste estomaquée par son initiative. Mon amie se fraie un passage au milieu des visiteurs, disparaît à ma vue. Gilan fonce. Un vrai bulldozer. Lucia est insensée ! La rue les a absorbés tous les deux. Je les cherche, la vois ressurgir au-devant des badauds, marcher dans un court espace dégagé, tourner dans une rue, s'effacer. Avec sa petite taille, Lucia-Paz se dissimulera facilement parmi les passants. Gilan et elle ne se sont rencontrés qu'une fois. Et puis il marche toujours le casque greffé à la nuque sans prêter attention à ce qui l'entoure. Pourquoi a-t-elle pris cette initiative ? Je n'en sais rien. Sa méfiance à l'égard de mon amoureux devrait me mettre en colère, mais je me sens soulagée qu'elle me soutienne… Mon moral remonte… un peu. Elle fait cela pour moi, par amitié.

J'atteins l'adresse de l'association des avocats. Avant de rentrer sous le porche, je prends du recul pour me repérer. L'allée où je vais est séparée de la suivante par une vitrine remplie de marionnettes. Guignols de tailles différentes. Je jurerais que Gilan sortait de l'allée des avocats. Troublante coïncidence… En plus, il est censé bosser ! Sur la plaque en verre, je lis : « Maison des Avocats. Sonner et entrer, 2e étage ».

La jeune femme de l'accueil, me demande le motif de ma venue. Pendant que je remplis un formulaire, elle me précise que les consultations ont lieu dans des bureaux fermés, qu'elles sont gratuites et qu'elle m'appellera. Je compte huit personnes avant moi, j'occupe la dernière chaise. Je ne m'attendais pas à ce qu'il y ait autant d'attente. Un grand moustachu lit un quotidien gratuit. Le meurtre est annoncé en bandeau sur la première page.

Mal à l'aise, je plonge le nez dans le tas de revues. J'espère que Gilan ne va pas entraîner mon amie à l'autre bout de la ville. Né à Lyon, il connaît des itinéraires, des raccourcis où il va égarer Lucia-Paz.

J'ai rencontré Lucia-Paz le premier jour à l'université Lumière Lyon-II, devant la porte close de l'administration où nous cherchions à récupérer attestations et plannings. Nous ne savions pas qu'il était plus simple de consulter le site de la faculté sur Internet. Notre ignorance nous a aussi fait prendre le tramway dans le mauvais sens. Larguées au terminus, au pied d'un château devenu le centre culturel d'une banlieue, nous avons été prises d'un fou rire simultané et libérateur. Au point de ne pas réussir à lire le plan du réseau. Remise avant moi, elle me parlait en espagnol avant de s'excuser pour reprendre en français. Incroyable ! Elle arrivait tout droit d'Équateur ! Jusqu'à ce jour d'octobre, ma vision de l'Équateur se réduisait à une ligne partageant le globe en zones climatiques. De la même taille, chevelures et pupilles noires mais totalement différentes, nous ne passons pas inaperçues. Sa peau est mate, la mienne est pâle. Elle a de grands yeux de velours sombres, les miens brillent, étirés en amande. Le prototype de l'Amérindienne et de l'Asiatique, voilà ce que nous lisons dans le regard des garçons qui nous matent. Cela nous amuse. Nous ne sommes en manque ni l'une ni l'autre : le grand amour de Lucia-Paz l'attend en Équateur et moi, je croyais avoir trouvé l'amour vrai à Lyon.

Une heure que j'attends en face du bureau de l'avocat de permanence et la deuxième personne n'en est pas ressortie. À ce rythme-là, j'aurai les menottes aux poignets avant mes renseignements. Je vire les magazines sur le surendettement et le divorce, tombe sur une brochure dont le titre m'accroche : « Migrantes asiatiques : séminaire le 3 décembre à Paris ».

« Le CCEM, partenaire du programme *Longue Marche* ». « Le Comité contre l'esclavage moderne se propose d'améliorer nos connaissances des nouvelles migrantes chinoises et asiatiques pour permettre une meilleure prise en charge, notamment face aux risques de traite des êtres humains ; 60 % d'entre elles sont victimes de la traite sexuelle et 40 % de la traite économique… L'année dernière, une dizaine d'entre elles se sont jetées par la fenêtre du logement de leurs tortionnaires. Ces derniers, lorsqu'ils se voient démasqués, n'hésitent pas à dénoncer leurs victimes aux autorités, soulignant qu'elles sont sans papiers et donc expulsables… »

Je vérifie la date, décembre 2008 et non pas 1848 ! Jamais entendu parler du CCEM. Je glisse la brochure dans ma sacoche, avec l'idée de la lire plus tard quand je serai sortie d'affaire, et trouve mes écouteurs. Sur ma vieille clef USB, j'ai un morceau enregistré. Celui que j'apprenais pour le lui chanter au creux du lit, si j'avais osé le faire. Peut-être plus d'actualité, comment savoir… Mais j'en ai marre d'avoir en tête l'air guerrier de son répondeur.

Je ferme les yeux. La voix de Jean-Louis Murat s'élève. Vrai chant d'amour. Un extrait des *Fleurs du mal* dont je n'ai retenu qu'une phrase pour l'instant : « C'est la chambre de Dorothée. » L'arrangement a été écrit par Léo Ferré, je demanderai à mon pater, il doit le connaître, c'est sa génération. L'écouter en boucle pour le mémoriser m'évitera de disséquer la réalité. Penser à Gilan, à la première fois où il m'a chanté un de ses textes me fait du bien. Fabuleux moment de partage. J'étais si troublée, jamais je n'avais pensé qu'il puisse écrire, composer…

Ce mec m'a ensorcelée dès le premier regard. Pour le revoir après le jour du déménagement, j'ai couru chaque matin de la semaine suivante dans l'allée du parc. Le soir, je ruminais ma solitude en traînant dans le centre-ville sans oser me pointer sur la péniche. Indifférente à la nouveauté qui m'entourait. Et le dimanche, j'attendais planquée dans l'ombre de mon allée depuis des heures quand il a surgi courant sur le pont. Beau, mais beau ! Les feuillages miroitaient dans le soleil, il faisait chaud comme en août. La fin de l'été était magnifique. À l'instant où il sautait sur le trottoir, j'ai fait celle qui sort par hasard de chez elle. Je portais ma mini robe noire à bride sur des jeans cigarette. Il n'a pas pu être dupe.

L'avocat sort du bureau, je coupe le son. Fausse alerte, ce n'est pas mon tour. Je grimace de connivence avec la femme à ma gauche qui ronge le prune de ses ongles.

Gilan a freiné le temps de me regarder, a ri, est reparti en me criant de le suivre. Nous avons monté les premières marches en courant comme des fous, puis deux par deux, et de plus en plus lentement avant de nous asseoir sur la toute dernière. Au sommet de l'escalier, la vue plonge sur le Rhône, je me croyais sur l'escalier d'un phare. Les gouttes de sueur s'accrochaient à ses courtes boucles. La tête renversée en arrière, bouteille à bout de bras, l'eau coulait dans sa bouche grande ouverte. Quand il m'a passé sa bouteille, je me suis étranglée, gorge nouée par l'émotion, ce qui a provoqué son hilarité et sa tendresse. J'étais conquise. Nous sommes restés longtemps sur les marches. Après je suis allée chez lui. L'été recommençait.

C'était avant. Avant que le taré me coince, avant qu'un meurtre bouleverse ma vie et avant que Gilan me fuie. Qui était avec lui, lundi soir ? Une autre fille ?

C'est pour ça qu'il ne veut pas me voir. Il me cache quelque chose. Il ment et malgré tout je suis folle d'inquiétude pour lui. Je parviens enfin à formuler la question qui me ravage depuis hier :

Gilan est-il coupable ?

Est-ce que moi, Agathe, je crois mon amour capable de tuer un être humain ?

Au moment où les derniers mots s'impriment dans ma tête, je suis certaine de ma réponse.

C'est quoi c'te meuf accrochée à mes baskets ? Avec son écharpe sur la tête et son nez qui coule !

Elle en pince pour moi ou quoi ? Qu'est-ce qu'elle me veut ? Bien la première fois que je me fais filer par une meuf. Elle cherche l'embrouille, sans savoir à qui elle s'attaque. Mexicaine, Indienne, pas vraiment mon genre. Plutôt celui de Gilan. Même gabarit qu'Agathe. Si c'est un coup des keufs, recrutent vraiment n'importe qui. La rumeur des agressions s'est répandue dans les lieux de teuf, à la sortie des bahuts, sur la vogue, partout. Un tsunami. Résultat, panique de tous les côtés. Les filles se planquent, les mecs ne s'aventurent plus la nuit à acheter. Et les keufs ont changé leurs habitudes, ils patrouillent à l'improviste, surgissent là où ils ne mettaient jamais les pieds. Le marché chute. Ce taré est un nuisible.

Toujours accrochée à mes basques, la glue. Je vais te la balader !

Le bizness sur le quartier du Plateau, c'est nous. Moi et les potes. Nettoyer les rues de ce tordu nous démange grave. On ne va pas tarder à le serrer. Les infos tombent. Trois fois sur quatre, le vicieux conduisait une Scénic, les filles ont été formelles. On l'aura avant les keufs. Et on lui règle son compte entre nous.

Bon, le visage de la glue vire au gris… Moche, l'Indienne glacée. Va choper la mort, l'exotique. Fini l'amusement. Autre chose à faire.

Allez hop, un tour dans la cour du café afghan. De derrière la porte de l'allée, je la mate. Je l'avais encore jamais vue par ici. Elle vient de passer devant l'allée sans moufter. Deux clics, sa photo est enregistrée dans mon portable. La glue n'a pas encore réalisé que j'avais disparu de son horizon. Pas une pro. Trop facile. Au bout des boîtes aux lettres, la cour crade. L'escalier en face. Du troisième étage ouvert, je jette un coup d'œil, la cour toujours vide. J'en étais sûr. Pas futée l'étrangère.

Je cours sur le balcon, dévale l'escalier de l'immeuble attenant, enfile un passage au rez-de-chaussée. Ressors trois allées plus bas sur l'autre rue. Le tour est joué ! Pauvre naïve perdue en territoire inconnu !

Va se décomposer sans comprendre. Les visites des traboules de l'office du tourisme, ce n'est pas pour les chiennes ! Je siffle en descendant au métro par les jardins. À cette heure de pointe, bruit des moteurs, lumières, frénésie du soir, j'aime ça. C'est bon, je serai à l'heure au rendez-vous. Ce coup m'a mis de bonne humeur et le vrai jeu va commencer. Dans une demi-heure. À dix-huit heures trente, pas question de faire attendre la flicaille !

Gilan, mon pote, je vais m'éclater !

Peut pas prendre le métro comme tout le monde, son mec ! Brrrrrr… La température n'arrête pas de chuter. Courage, il attaque la colline de la Croix-Rousse avec la même foulée ! Pas de chance, je file un marathonien… Crevée, glacée, je vais reprendre la grippe. Je ne tiendrai pas encore des heures dehors ! Et dire que de l'autre côté du Pacifique, c'est midi. Milieu de journée, doit faire bon à Quito. En altitude, sous le volcan, l'hiver est doux, moins rude qu'ici. J'aimerais trop qu'Agathe reparte avec moi aux vacances d'été. Mon petit pays aux sept volcans, de glace et de feu, elle va l'adorer. Des Andes au Pacifique, des volcans à la forêt équatoriale, elle se fera remarquer et, jolie comme elle est, elle trouvera un autre amoureux. Les Chinoises sont peu nombreuses là-bas.

Plus personne devant moi. Il est passé où, son ami ?

Je l'ai perdu de vue en divaguant sur l'Équateur. Je n'ai croisé aucune rue transversale depuis la dernière fois où j'ai mémorisé son dos devant moi. Il a dû prendre une allée. Je n'ai plus qu'à redescendre jusqu'au tag de Mickey. À mon dernier regard, il était à ce niveau. Impossible de rester plantée. La rue est piétonne et étroite. S'il ressort, je vais me faire repérer. Trouver une boutique ouverte. Coussins, banquettes, tapis… Drôle d'endroit, un café à la mode orientale. Pas le choix. Je choisis la banquette la plus proche de la devanture avec vue imprenable sur la montée aux pavées. Lui, il s'est forcément arrêté au-dessus. Allez Gilan, sois sympa pour une fois, montre-toi !

Le barbu derrière le bar n'a pas l'air pressé de prendre ma commande. Tant mieux, je peux rester à guetter. Mes lunettes sont couvertes de buée.

Les passants congelés se raréfient. La nuit froide, les boutiques peu attirantes. À côté du Mickey flippant, caricature anti-libérale sur une vitrine murée, la friperie attire quand même des clients. Ce quartier est bizarre, modernité et luxe cachent mal les traces de pauvreté, si on était à Quito, il y aurait des vigiles. À l'entrée des magasins, les gardes seraient en gilet pare-balles et armés de mitraillettes. Mais qu'est-ce qu'il fabrique, son mec ? Avec son blouson molletonné blanc repérable, je ne peux pas le louper.

Très impulsive, je me suis déjà retrouvée dans des lieux, des situations bizarres. Rester vigilante. Agathe compte sur moi.

La présence soudaine du barbu à mes côtés me fait sursauter. Il me tend papiers et carte imprimée.

Qu'est-ce qu'il me veut ? Il dit que c'est deux euros. Répète son discours :

– Si vous voulez boire un thé ou manger en ce lieu, vous devez adhérer à notre association culturelle afghane.

Il vient d'Afghanistan, bien vu.

– Vous devez adhérer, sinon je ne peux pas vous servir. Il faut remplir la carte imprimée avec vos coordonnées et verser deux euros de cotisation.

Ma réponse débitée à toute allure en quechua abrège ses explications. Armée de mon plus beau sourire, je mime que je suis frigorifiée. Sans quitter la rue des yeux, je répète cette fois en espagnol castillan que je ne comprends pas le français. S'il insiste, je risque de louper Gilan. Fixée sur l'extérieur, je me frictionne vigoureusement.

Le barbu est retourné à son bar, il ne s'occupe plus de moi. Je garde les yeux rivés sur l'étroite montée. L'heure tourne. Renonçant à m'inscrire, il m'apporte un verre brûlant d'où s'échappe un parfum de cardamome. Sur le mur blanc du café, il projette les images d'un concert. Percussions et luth, une musique lancinante, douce. J'utilise le dernier mouchoir de mon sac. Enrhumée à nouveau. Les toilettes sont au fond de la cour, sans chauffage. Et moi qui croyais qu'en France, le climat était méditerranéen. Dehors, c'est l'obscurité. Je soupire, me rends à l'évidence.

J'ai raté mon coup. J'ai perdu la trace de l'amoureux d'Agathe.

Le thé est délicieux, j'attends encore un peu, ramollie par la chaleur. L'ambiance me plaît finalement.

Belle
Belle à l'ombre des églises
Et des mosquées en ruine
Allons boire notre cocktail,
Molotov, mon amour
Mon amour kalachnikov

Explosifs, les yeux de cette fille sont des explosifs. Deux grenades dégoupillées. Prêtes à exploser. Y a pas qu'Agathe qui intéresse les flics. Déjà trois fois que l'un d'eux me téléphone, toujours la même voix. Sûr que c'est celui qui l'a cuisinée. Il a dû insister, Agathe, c'est pas le genre à balancer à la première séance. Je ne décroche plus. Je filtre mes appels. Pousser un mec dans une cour après l'avoir assommé ! Un pourri de son espèce méritait un autre traitement. Je lui aurais brisé les dents, tranché les couilles, si je l'avais eu entre les doigts. Le faire souffrir, pour le mater, l'amener à ramper. Lui faire vivre à son tour ce qu'il inflige aux autres. Le traiter pire qu'un chien. Je boxe le vide, corps ramassé, front bas. Un bon coup de boule. En attendant, avec les flics sur le dos, j'ai bien besoin d'un alibi en béton. Pour ça, je peux compter sur les potes. Le juge d'instruction n'a pas traîné pour trouver mon adresse et nous convoquer, mon coloc et moi. Agathe a vraiment dû foirer. Qu'est-ce qu'elle a bien pu leur raconter aux flics… Saleté de hasard.

Je peux faire confiance au grand Fred ! Avec sa dégaine, il a dû jouer son rôle de colocataire à la perfection. Je le vois d'ici avec son air de fils à papa, sa chemise bleu, sa politesse et son pedigree prépa math sup. J'entends d'ici ses digressions géniales pour embobiner le flic avant de lui offrir un alibi infaillible : lundi soir, nous avons passé le début de soirée à jouer aux échecs dans notre appartement avant d'aller écouter de la musique sur la péniche. Comme tous les lundis depuis septembre. Le patron de « La Bargeazique » est prévenu. Les copains aussi. Ceux présents lundi sur la péniche jureront m'avoir croisé cette nuit-là. Vad n'aura qu'à confirmer cette version. Tout simplement. C'est bientôt son tour, il doit être en route pour le commissariat. Le flic me convoquait à dix-huit heures trente sur son message. Entre Fred et lui, le flic sera berné. Notre tour de passe-passe ne tiendra pas après des recherches poussées mais bon, je gagne du temps. Gagner du temps. Éloigner les flics de l'appart. Le temps qu'ils fouinent à Saint-Georges, ils ne squatteront pas le coin de ma rue. Mon coloc, je ne sais jamais où il part, alors si la chance est avec moi, l'enquêteur non plus n'arrivera pas à lui mettre la main dessus. Et grâce à mon meilleur pote, les flics, pourris de flics, n'auront ni mes empreintes ni ma photo. Merci Vad !

Vad, mon frère, tu me sauves la vie ! On en a fait des conneries, gamins. Mais notre période de mimétisme complet nous sert encore aujourd'hui. En primaire, nos mères en devenaient dingues, elles passaient des heures au téléphone pour régler le problème… Problème qui n'existait que dans leurs têtes de mères, pour nous deux c'était le délire ! Le bonheur ! La supercherie totale ! On s'entraînait pour utiliser les mêmes phrases, faire des gestes identiques, sourire de la même manière, développer les mêmes tics. Des heures de répétitions. Mon frère, tu étais le plus doué, mais j'ai fini par être aussi performant que toi à ce jeu-là. L'instit ne pouvait plus nous saquer. Le directeur a convoqué nos parents, qui nous ont privés de console, de rollers, de télé ! Quand les tiens ont parlé de déménager, ça nous a calmés. On l'a mise en veilleuse. Et puis, on a grandi… Alors, même si l'enquêteur a des doutes pendant ton entretien, le temps qu'il pige, vérifie… il sera demain. Et demain est un autre jour !

En attendant, moi, je fais ce que j'ai à faire. Libre de mes mouvements. La liberté est une évidence dans ma vie, j'en prends conscience en face d'elle.

L'arrêt-maladie que m'a fourni le Roux est imparable. Le boss n'y verra que du feu, quand il l'aura dans les mains. Quarante-huit heures, ça me laisse aujourd'hui et demain avec elle et me permet de lancer un plan avec les potes. Gus surveille l'immeuble et la rue en mon absence. En vrai pro. Le Roux s'occupe des contacts pour la sortie du territoire. Il connaît du monde. La bande se retrouve solidaire, rapide. Les cinq doigts de la main comme au temps du collège ! Toujours la même règle entre nous : se tenir prêts pour aider celui qui a un problème. Aujourd'hui, c'est moi. Mais Fred et le Roux en ont déjà profité par le passé. La dette d'honneur n'est pas notre truc, mais c'est pareil au fond. Agathe a deviné ce lien entre nous. Dès qu'elle les voit, ses yeux deviennent des fentes. Des lames. Jalouse. Elle ne me supporte pas avec mes potes.

Ce n'est pas vrai ! La ville est squattée par des limaces. Peuvent pas faire leurs courses un autre jour, les meufs. Je joue des épaules entre des copines en grappe, récolte des sourires au passage.

– Hé, roule sur la chaussée, mec !

Manquait plus que les vélos qui surgissent comme des chiots excités depuis que la ville en met à disposition. Le vélo, genre écolo, ça me gave.

Je suis tendu pire qu'une corde. Si un être humain me touche, je lui éclate la tête.

Marcher sans musique, je ne peux plus. Moteurs, insultes, cris des mômes me portent sur les nerfs. M'empêchent de vivre. Plus l'habitude d'entendre la ville sans filtre. La dernière fois que j'ai oublié mon MP3 sur la machine où je bouffais mon sandwich à midi, j'ai cru devenir dingue. Je comprends les bouffons qui tirent dans la foule.

Un aller-retour pour du beurre ! Je voulais offrir ma mine de déterré au boss, mais Monsieur était en rendez-vous à l'extérieur. C'est Max qui a récupéré l'arrêt de travail. L'air navré, il m'a suggéré de retourner me pieuter direct et de suivre les consignes du toubib. Paraît que j'étais blanc comme un linge. Normal, je me suis fait vomir avant de quitter l'appart et la colère me rend livide. Le Max voulait passer me voir après son boulot, j'ai eu un mal de chien à le convaincre que c'était inutile. Trop gentil, le Max, ça lui jouera des tours.

Belle

Belle comme une…

Ce mec, Martin Angor, il assure avec son texte. Pourquoi j'ai pas eu l'idée de l'écrire moi-même ? Y a tout ce que je veux mettre dans mes chansons. Cynique, décalé, des paroles grandioses…

Demain, je résous cette histoire. Après-demain, je me remets grave à mes textes.

Qu'est-ce qu'il fait froid. Je me gèle sans gants. Tentant d'entrer au Monoprix pour en taxer une paire. Laisse béton. Pas le moment de se faire piéger pour une connerie.

Les doigts, c'est la partie du corps la plus sensible en hiver. En été aussi. Dans mon boulot, faut tout le temps faire gaffe aux doigts.

Après le commissariat, Fred doit passer chez sa copine à la friperie. Elle a un stock de fringues de meufs.

Je lui tape un texto. Qu'il pense à prendre bonnet, écharpe, gants. On se croirait en Sibérie et ils nous gonflent avec le réchauffement climatique ! La météo annonce ce temps pourri sur toute l'Europe. Vraiment pas le moment de voyager, mais la fille n'a pas le choix.

À l'entrée du métro, les gens saisissent au vol les gratuits du soir en s'entassant dans les escaliers roulants. Gros titre sur les inondations en Asie du Sud-Est. Je n'en prends pas. Pas envie de voir des corps noyés dans la boue et les gravats.

Dix-neuf heures et toujours aucune nouvelle de Lucia-Paz.

Qu'est-ce qu'elle fait, où l'a-t-il entraînée ? J'ai peur qu'il lui soit arrivé quelque chose. Avec le nom qu'elle porte, on ne devrait pas lui faire du mal, mais le monde n'obéit pas à ces règles. Du centre-ville, je peux la rejoindre rapidement n'importe où.

Les passants pressent le pas pour rentrer au chaud, ici aussi, les branches sont blanches de givre. Pas possible que la température chute aussi vite. La Fnac est encore ouverte. Je monte entre les géantes sculptées qui soutiennent le porche.

Le magasin grouille de monde. On a tous eu la même idée. Je fuis le rayon mangas où tous les regards des amateurs d'Asiatiques seront sur moi. Dans le coin tourisme, je m'arrête devant les guides de voyage. Je prends celui sur l'Équateur, pour me rapprocher de Lucia-Paz. Mais comment ça se fait que la filature dure aussi longtemps ? Dos à l'étagère, je me laisse glisser sur la moquette. Les deux vendeurs à la caisse me tournent le dos. Guide entre les doigts, je réfléchis.

Un homme est mort, la nuit où j'étais à son domicile pour garder son fils.

Si ça se trouve. M. Levallois est un père quelconque, comme celui qui est en train d'acheter des DVD Disney pour son enfant. Mais ce gentil papa, le film de *Bambi* à la main, comment savoir si ce n'est pas un salaud qui frappe sa femme ?

Le taré au volant portait veste et cravate sur une chemise blanche. Le dressing des Levallois en était rempli. Un look classique pour homme d'affaires.

Le prochain mec qui m'agresse, je lui en ferai baver. Je vais m'entraîner au self-défense. Avec mes moyens, je vais lutter contre le machisme, son pouvoir suffisant. Mais si l'autre, écrasé sur ses poubelles, est bien le taré, les agressions sur le quartier devraient cesser. Faut que je laisse passer du temps pour en être sûre.

Le fond sonore, la moiteur m'assomment. Le flic pourrait peut-être me renseigner, mais si je lui raconte ma sale nuit, je lui offre un mobile sur un plateau : la vengeance. Et il ne va plus nous lâcher, Gilan et moi. Bizarre qu'il se passe autant de choses louches à la Croix-Rousse. Ça fait franchement désordre dans le quartier bobo.

Que cherche la police ? Je ne vois pas où va l'enquête et la Tortue est trop bizarre. L'inquiétude que je ressens pour Lucia-Paz m'empêche de me concentrer. Elle devrait être rentrée chez elle, m'appeler. Je n'ose pas faire sonner son portable.

Pourquoi suis-je autant inquiète pour elle ? C'est Gilan qu'elle suit. Gilan, mon mec ! Pas un tueur.

Mais qu'est-ce qu'il faisait cet après-midi à la maison des avocats ? Lui, il a obtenu ses renseignements tandis que moi je suis arrivée trop tard. Mais pourquoi un avocat ? Pour le meurtre qui me bouffe la tête ? Pour se protéger de la police ? De moi ? Il a le temps pour un avocat et pas pour moi… Je croyais que son patron ne lui accordait pas de congés… T'es rien qu'une pauvre naïve, Agathe ! Ce texte tendre qui parle d'une rencontre à la boulangerie, il n'est pas tombé de la poche de Gilan mais de celle d'une autre fille. Qu'elle l'ait jeté ou non, lui, il le lui a offert. Cette pensée te fait mal. Tu te sens trahie. Trahie, abandonnée, meurtrie.

Ton mec n'a jamais eu dans l'idée de te venger. Ton agresseur, il s'en fout.

Les pensées tournent, électrons libres, dans ma tête. Ce soir, il sera en face de moi. Ce soir, sur la péniche je saurai. Le patron de la péniche lui a demandé de chanter un soir ses textes, c'est important pour lui. J'aime un innocent. À la fois fort et poète. Point. C'est tout. L'autre, le papa plein aux as, son meurtre ne nous concerne pas. L'assassin, je m'en fous. Ma vue se brouille. Je chute dans les eaux du fleuve rejoindre le mouton mort.

– Mademoiselle, mademoiselle !

Coincée dans le tourbillon, je relève péniblement le front. M'attendant à voir la tête de la

Tortue. Mais c'est un garçon qui brasse l'air devant mon nez. Il porte un gilet Fnac.

– Vous ne vous sentez pas bien ?

– Je… je crois que c'est… à cause de la chaleur du magasin.

– Éventez-vous. (Il me refile un magazine.) Je vais vous chercher un verre d'eau.

Le vendeur s'éloigne. Je reprends lentement mes esprits, en agitant mécaniquement la revue publicitaire. Il m'a sortie d'un horrible cauchemar. Gilan était sous moi, nous étions nus après l'amour, de sa main droite, il cherchait à attraper quelque chose au sol. Son bras se levait lentement pour me montrer l'objet du crime, c'était un os, un os de gigot ensanglanté…

– Tenez, elle est fraîche, nous avons un distributeur.

J'enlève mes mitaines, prends le gobelet, sa fraîcheur dans mes paumes me ramène parmi les vivants.

– Buvez un peu.

J'obéis, charmée par la voix au léger accent du Midi, l'anneau d'argent au lobe de l'oreille et les yeux francs qui me sourient. Les couleurs me reviennent, les joues me brûlent, je suis écarlate. Il a l'air soulagé.

– Merci, merci beaucoup.

– Attendez un peu avant de marcher. Personne ne vous dérangera d'ici la fermeture, prenez votre temps.

Je le suis du regard pendant qu'il s'en va. Il se retourne, me fait un clin d'œil léger, léger comme son accent.

Lucia-Paz, mon amie, donne-moi un signe de vie !

– C'est moi.

– Lucia ? J'étais folle d'inquiétude.

– Je l'ai perdu !

– Tu es loin ?

– Au bas de la Croix-Rousse. Je ne l'ai pas vu s'échapper de mon champ de vision.

– Tu n'as pas pu m'appeler plus tôt ?

– Non, quand je me suis changée pour sortir avec toi, j'ai oublié mon portable dans ma veste. Je ne pouvais pas m'arrêter de suivre ton mec. J'ai mis un temps fou à comprendre que je l'avais perdu et à trouver une cabine téléphonique. J'ai qu'une pièce.

– Pas grave. Tu vas bien ?

– Oui. On se retrouve chez moi. J'y serai dans vingt minutes.

Coupée. La communication est coupée. Je comprends mieux. Rassurée, j'attends en écoutant du rock mis en démo. Dix minutes plus tard, je sors, remonte la rue de la Charité. Sur les pare-brises des voitures en stationnement, une pellicule de glace se forme. L'air vif me remet d'aplomb. Rue des Remparts-d'Ainay, elle est rentrée, son studio est éclairé. L'ascenseur trop long, je monte, frappe, m'écroule sur elle. La serre trop fort. Elle rit, renifle, s'excuse :

– Je n'étais pas vigilante et je ne l'ai plus vu devant moi. Je l'ai perdu, dans les Pentes. Je montais derrière lui, je le suivais depuis un moment, je ne me suis pas méfiée.

– Où, sur la colline ?

– Au début de la montée de la Grande Côte, j'ai noté le nom, tu connais ?

– Oui, c'est le plus direct pour descendre du Plateau sans prendre le métro. Une belle esplanade avec des jardins aménagés, puis la rue se resserre et en bas, en prenant à gauche un escalier sordide, on arrive sur la place aux jets d'eau.

– C'est par là que je suis revenue. Et toi, tu as tes renseignements ?

– Non. J'ai attendu l'après-midi pour rien ! Bien trop de monde pour un seul avocat. La femme de l'accueil m'a dit de revenir demain. Tu vois le genre.

– On a raté notre coup toutes les deux.

– Chou blanc.

– Pourquoi blanc, c'est le chou chinois ?

– Une expression française pour dire raté !

– J'ai pris le gratuit du soir, tiens, pendant que je fais chauffer de l'eau. Thé ou soupe ?

– Soupe.

Je feuillette le journal. L'article « Meurtre sur la colline » occupe toute une page. Pas intéressant, sauf le dernier paragraphe.

– Lucia-Paz, il y a du nouveau !

– Lis !

– D'après le juge d'instruction, la police a les résultats du laboratoire et suit une piste lyonnaise.

Je continue, la voix blanche :

– L'individu qui a laissé ses empreintes dans la maison ainsi que sur les objets personnels de la victime serait une femme.

– Fais voir !

– Ce flic me poursuit pour me transformer en assassin. Revenez demain, tu parles ! Demain, je serai en prison.

– Attends, la police n'a rien contre toi et tu es innocente !

– Mais mes empreintes sont partout. J'ai ouvert les tiroirs, glissé mes mains dans les poches des costumes, déplié les écharpes, soulevé chaque pile de chemises, renversé les tiroirs à chaussettes, secoué les chaussures. Je voulais une preuve. Je te rappelle que c'est après que j'ai découvert le bureau avec les salaires datés.

– Tu n'es pas la seule à toucher son linge, sa femme aussi le fait. Et elle a certainement touché aussi la canne de golf pour la nettoyer ou la ranger. Et sa femme l'a peut-être tué ! Après tout, on n'en sait rien !

En voulant me rassurer, Lucia-Paz soulève de nouvelles hypothèses :

– Et puis, si les Levallois sont aussi riches que tu le dis, ils emploient certainement une lingère, une gouvernante, une femme de chambre.

– Tu sais, fouiller n'est pas un comportement habituel pour une baby-sitter.

– Tu devrais téléphoner à tes parents. Agathe, fais-le, sans attendre.

– OK. Tu as raison.

Fixe et portable me renvoient sur la messagerie. Désabusée, je me laisse tomber sur le canapé clic-clac. Je tremble. Fatigue et angoisse me submergent. Je n'en peux plus. J'avale le bol de soupe cul sec.

– Reprenons les événements un à un.

Voyant mon état, Lucia-Paz revient avec un poncho laineux qu'elle étale sur moi. Stylo en main, elle relit l'article, prend des notes.

– Écoute-moi, Agathe : l'article ne donne pas l'heure exacte de la mort. Et la Tortue ne te l'a pas donnée non plus. Le mort a-t-il eu le temps de rentrer dans son appartement entre ton départ et l'arrivée du meurtrier ? Cet article n'apporte aucune précision.

– Qu'est-ce que ça change, qu'il soit rentré ou non ?

– Tout !

Trop mal au crâne, j'abandonne. Me laisse couler dans le brouillard. Au loin, la voix de Lucia énumère ses déductions. Les parents ne répondent pas. Depuis mon départ, ils travaillent comme des forcenés pour combler mon absence. Le fixe du restaurant bascule sur ma propre voix enregistrée donnant les horaires d'ouverture. Je ne vais pas m'inquiéter en plus pour eux ! Ils me manquent. Je suis trop bête d'avoir autant repoussé ce coup de téléphone. L'orgueil me tuera. Mais lancer un appel au secours moins de trois mois après mon départ de l'appartement familial, c'est la honte. Et comment expliquer cette histoire abracadabrante de meurtre, d'interrogatoires, de soupçons à ma mère, si respectueuse des règles de son pays d'adoption, ou à mon père, honnête jusqu'au bout des ongles ?

Je jette un œil sur la liste rédigée par mon amie, sa chronologie des faits comporte surtout des trous. Je n'ai plus le cœur à intervenir. Pourtant, à force de l'entendre réfléchir à voix haute, j'ai la vague impression que quelque chose cloche, n'est pas à sa place. Mais je n'arrive pas à savoir quoi. J'enlève à regret le poncho confortable.

– Je te laisse. C'est bientôt l'heure de mon rendez-vous avec Gilan. Je préfère être en avance.

– Attends, je t'accompagne. Tu as besoin de moi.

– Non, j'aimerais le voir seul.

– Je fais le trajet avec toi mais ne t'inquiète pas, je ne me montrerai pas à la péniche. Gilan pensera que tu es seule.

– Tu vas encore te geler, tomber malade à cause de moi.

– Je suis déjà malade. Un peu plus ou un peu moins…

– D'accord. Il y a des pubs en face de la péniche. Tu y seras au chaud et ce sera plus discret. Prends ton portable, je t'envoie un texto si je rentre avec Gilan.

– Je l'ai, et je prends mon MP3 au cas où je ne supporte pas l'ambiance du pub. Au fait, tu t'es trompée. Ton ami est capable de sortir sans musique. Cet après-midi, quand je le suivais, sa capuche a glissé, il n'avait pas son casque.

Je la regarde, stupéfaite. Gilan ne sort jamais sans son énorme casque au son dément. Il se passe quelque chose de grave.

Ni lune ni étoiles, une brume opaque, désagréable, a envahi la ville. La température est encore descendue. On marche vite, transies, au coude à coude. Le froid a surpris les Lyonnais qui se terrent à l'intérieur. Lucia-Paz balaie du regard la ruelle qu'elle connaît, visage crispé. Malgré la mélasse où nous avançons, l'horrible impression d'être un point de mire ne me passe pas. Je chuchote à son oreille :

– Tu crois qu'on nous suit ?

Elle répond encore plus bas :

– Je me sens observée depuis la sortie de mon immeuble, mais avec l'après-midi passée à suivre ton ami, je croyais me faire un film.

– Dépêchons-nous, j'ai la même…

Une main me broie l'épaule, m'impose un demi-tour brutal. Lucia hurle à côté. Du fond du ventre, je pousse mon cri qui tue. Les quatre ombres noires nous entraînent en silence sous le porche d'un hôtel particulier. Un costaud me plaque à bout de bras dans un angle du fond, il est armé sous le cuir. L'autre m'aveugle avec une torche puissante. J'entends mon amie jurer en espagnol. Elle subit le même sort dans l'angle opposé.

– Police. Videz votre sac !

L'ordre est pour elle, mes agresseurs se taisent.

– Vos cartes, montrez-nous vos cartes de police !

J'ai crié pour que Lucia m'imite. Elle a compris, crie à son tour. Derrière la torche, l'homme rit, me traite de vermine, de parasite. Je m'agite comme une anguille, entends un bruit de lutte puis le sac de Lucia se vider sur les pavés. Je crie encore :

– Vos cartes de police !

Le gros qui me bloque d'une main, met la main à l'intérieur de sa veste. La trouille de ma vie. L'autre brandit une matraque. Je réunis mes forces, m'apprête à lutter s'ils n'ont pas de carte. Elle apparaît : bleu, blanc, rouge, éclairée par l'autre, hilare.

– Lucia, c'est la police ! Arrête de te débattre !

Le mec à la torche fonce sur elle. Ses lunettes sont tombées, ses cheveux sont défaits, un mec au profil dur lui bloque le menton en arrière pendant que l'autre, nerveux, la palpe sous ses vêtements. Il lui souffle au visage :

– Où l'as-tu mis ? Qui te fournit ? Réponds ! Qu'est-ce que tu faisais au 18 rue des Remparts-d'Ainay ? Qui as-tu livré, où ? Réponds !

– J'habite au 18.

– Menteuse. Tu fais la mule pour eux.

– Au 18, deuxième étage droite.

– Où as-tu passé la frontière espagnole ?

Ils sont malades !

– Son sac ne contient pas de papiers d'identité.

– Quand as-tu passé la frontière ? Réponds !

– J'habite le 18. Mes papiers sont dans mon jean.

– Sors-les.

Le temps qu'elle parvienne à sortir son portefeuille, je m'en mêle :

– Son studio est au 18. J'étais chez…

– La ferme, la Chinoise !

Que l'espèce de tueur à gages qui me plaque contre le mur soit un flic est inimaginable. Je suffoque, son poing s'enfonce. Il m'étouffe pour me faire taire. Lucia a disparu derrière les trois dos penchés sur ses papiers d'identité.

– Merde. Elle habite au 18.

La main relâche sa pression sur mon torse, je tousse. Mon tueur à gages arrange mon sweat, me tapote les joues, je meurs ! Je les vois s'écarter d'elle, l'un lui tend son sac, dit :

– Vous pouvez ramasser vos affaires.

Mon amie s'accroupit, récupère en tâtonnant ses lunettes, sans quitter les flics des yeux. Je fais un pas pour l'aider, ils n'interviennent pas, reculent ensemble en direction de la rue. Je relève les yeux, les quatre sont armés. Celui à la torche nous éblouit une dernière fois :

– Désolé pour la petite bavure, mesdemoiselles.

Ils sont partis. Aussi rapides que dans l'attaque. Éclairée par l'écran de son portable, Lucia a le regard noir d'un fauve. Mâchoires contractées, blême, elle ne bouge pas. Je rage :

– C'est quoi ce délire ? Petite bavure !

– C'est à moi qu'ils en voulaient.

– Mais pourquoi ? Et dans ce quartier si bourgeois ! Oh, Lucia, rentre chez toi, je continue seule…

– Pas question !

Elle se remet sur pied, regarde avec appréhension la voûte, les trois mètres sombres qui nous séparent de la rue.

– Tu crois qu'ils nous tendent un piège, Agathe ?

– Normalement, non. Attends, je sors en premier.

Je me concentre au maximum, bras en position, muscles bandés, sors lentement sur le trottoir. Le brouillard masque les immeubles en face. Le court espace dégagé est vide. Lucia-Paz me rejoint.

– Ça va aller. Ton cri d'attaque m'a glacé les sangs.

– Tu parles, il n'a eu aucun impact sur la bande de brutes.

– Si, celui qui me tenait par le menton m'a lâchée une seconde, le temps que je plante mes dents dans son poignet. Je ne voyais pas la police française agir de cette façon. Tu as vu les armes et les matraques ?

– Oui, effrayant. Tu ne trouves pas étrange qu'ils nous interceptent justement ce soir ?

– Si. Mais je n'ai pas envie d'y réfléchir ici, assez de peur. On va à ton rendez-vous, sinon tu vas louper Gilan.

Nous courons pour rejoindre une rue perpendiculaire plus passante, la rue du Plat, je vois au loin les lumières de la place Bellecour. On n'échange plus un mot jusqu'à Saint-Georges. Les voitures sont rares. Je recommence à penser à Gilan, soudain je montre à Lucia-Paz de faibles lueurs sur l'eau :

– Tu vois la guirlande qui semble flotter sur les ténèbres entre les quais ? Nous arrivons.

La péniche est invisible, fondue dans le noir épais du fleuve. Instinctivement, nous nous serrons très fort. Une seule buée. Depuis les flics, nous ne nous sommes pas lâché la main. Elle traverse sur le trottoir côté pub, moi je continue sur le quai. Deux silhouettes menues, isolées, en danger. Il bruine. J'ai la trouille. J'entends la musique étouffée par le brouillard à l'instant où j'atteins l'escalier pour descendre sur le bas port. Je me précipite sur la passerelle qui tangue sous mes pas. Impatiente de retrouver Gilan. Le videur s'efface pour me laisser entrer, un air de salsa s'échappe quand la porte s'ouvre. Dès que je passe le vestiaire, à mon premier coup d'œil sur la salle, un grand Black se précipite :

– Vous dansez ?

– J'ai rendez-vous.

Sourire dépité :

– S'il se fait trop attendre, je suis là…

Je suis toujours venue avec Gilan, mais j'avais remarqué que les filles se faisaient inviter dès leur arrivée, pas de panique. Le public étant en majorité masculin, la danse reste le plus sûr moyen de draguer.

– Vous dansez ?

La main se pose sur ma taille. Je me retourne furieuse, me dégage. Je ne veux plus qu'on me touche. C'est Vad. Le meilleur ami de Gilan, celui qui par certains airs lui ressemble tant. Encore plus sans sa casquette. Estomaquée, j'encaisse mal la mauvaise, très mauvaise surprise.

– Où est…

– Il ne pouvait pas venir. Je le remplace.

– Mauvais choix.

– OK. Je suis venu à sa demande pour te présenter ses excuses.

– J'aime mieux ça. Arrête de bouger, je ne suis pas venue pour danser.

– Toujours aussi bien lunée…

– Range tes commentaires. Qu'est-ce qu'il a de si important à faire pour me poser un lapin ?

– Son père a débarqué pour régler un problème de famille avec lui. Le paternel dort chez son fils plutôt que de débourser l'hôtel.

– Il ne l'a pas prévenu ?

– Non, et Gilan n'a pas eu son mot à dire. Trop grave, l'affaire.

– Il vit où, son père ?

– À Troyes.

– C'est loin, Troyes. Tu connais la famille de Gilan ?

– Ouais, jusqu'au divorce de ses vieux, je dormais souvent chez lui. Sa mère faisait des gâteaux, son père n'était pas chiant avec nous. Tu bois une bière ?

– Non, je ne reste pas. Salut.

– Ça va, j'ai compris. Tu n'es pas obligée de te tirer à la seconde.

– Je vais dormir.

J'évite la bise de justesse. Tourne les talons.

– Eh ! attends, je me casse aussi.

Il s'arrête au vestiaire, récupère son blouson, son inévitable casquette. Je n'en peux plus, ce mec, je le hais. Je sors sur la passerelle sans l'attendre, saute sur le quai. Il court dans mon dos, me double, se plante devant moi. Sourire narquois, sort des sachets de son paquet de tabac :

– Ça t'intéresse, ma jolie ?

Mon pied le frappe au dos de la main. Un *mae geri*, coup basique toujours efficace. Son paquet s'envole, la came aussi. Un plouf. Le bord est invisible.

– Connasse !

Je cours, grimpe l'escalier. Du sommet, je le distingue à peine, cherchant au sol sa saleté de marchandise. Il jappe comme un coyote dans ma direction :

– Gilan n'en a rien à foutre de toi. Il a une autre fille !

En face, Lucia-Paz, qui surveillait, rapplique. Je l'entends encore brailler dans mon dos :

– Des Chinoises, y en a plein la ville ! Des jolies, obéissantes, il a le choix, ton mec ! T'es qu'une garce qu'on baise et qu'on jette !

Mon amie me prend par le bras, appelle un des taxis qui tournent devant les boîtes de nuit. Me tire à elle sur le siège arrière. Vad hurle ses conneries sur les Jaunes baisables. Le taxi démarre. Il n'a pas cherché à me rattraper. Je me laisse prendre en charge. J'ai la haine. Le pire, c'est que ce clone, avec ses mimiques détestables, me fait penser à la face secrète de Gilan. La noire que chaque individu cache en lui.

Lucia-Paz s'énerve :

– Vad a dit n'importe quoi pour te détruire. Ce genre de mec ne supporte pas d'être dominé par une fille. C'est la honte pour lui.

– Mon coup de pied, il va pas l'oublier.

– Tu l'as frappé ? Bravo ! Il n'est pas près de s'en remettre !

Le chauffeur nous mate dans le rétro, l'air de se régaler. Lucia-Paz surprend ses regards et l'insulte copieusement en espagnol.

Elle attend qu'on soit à l'abri dans son studio pour me demander si Gilan deale. Après un temps de silence, je réponds que je n'avais jamais pensé qu'il puisse le faire. Mais que le flic affirme que son pote le Roux fréquente le milieu de la drogue lyonnais.

Lucia est consternée.

J'ajoute, pour m'en convaincre autant qu'elle, que Gilan bouffe des pâtes tous les jours, qu'il n'a pas d'argent. Je craque, insiste : Gilan est fidèle en amitié. C'est pour ça qu'il sort encore avec cette bande de nuls, par fidélité. Mais il n'a rien à voir avec Vad. S'il dealait, je ne serais pas tombée amoureuse de lui.

Mon amie se met à parler de l'Équateur, où les hommes détiennent l'autorité, de la mentalité des jeunes qui évoluent plus vite, de la corruption, des armes qui circulent, de son espoir en voyant des femmes élues à la présidence du Chili, de l'Argentine… Elle parle pour se rassurer, pour oublier les flics en civil, le taxi, Vad. Effacer toute cette violence.

Puis, d'un coup, je fonds en larmes, et elle aussi. Sale nuit pour nous deux. Entre deux hoquets, abandonnant ma mauvaise foi, je déballe mes doutes sur Gilan. L'indifférence avec laquelle il me traite. Depuis le meurtre, il ne bouge pas. Il fait le mort. Il m'évite, refuse que je passe chez lui.

Mon amie me plaint. Moi, je ne sais plus rien. Il a peur que je le donne aux flics, mais pourquoi… C'est moi qui étais chez la victime, pas lui. Que craint-il donc ?

Je m'allonge à côté d'elle, on est épuisées. À bout. Je l'entends encore murmurer :

– Les flics devaient être d'une brigade anti-drogues. Ils m'ont interceptée, croyant que j'en avais sur moi. Cet après-midi, j'ai suivi Gilan… Toi, tu retrouves Vad qui veut t'en vendre… Il y a un lien, c'est obligé. Arrête de voir ce type, Agathe. C'est trop dangereux.

Et puis, on s'endort habillées sur le canapé déplié.

Le garçon me croit endormie. Il est gentil. Je crois qu'il est gentil. Pour l'instant. Avant de devenir comme les autres. Non, le garçon restera gentil. Son cœur est bon, ses pensées honnêtes.

Toujours enfermée, toujours isolée, depuis l'avion. Très loin de mon pays. La peur au ventre. La tête en pleurs. Honte innommable. Honte de ne pas envoyer l'argent promis à mes parents et à deuxième tante qui les a recueillis.

Les maîtres m'avaient amenée dans leur monde. Leur monde était comme eux. Sans pitié. Méchant. Le maître disait qu'enfermée chez eux j'étais à l'abri alors que dehors, la police m'arrêterait et me mettrait en prison pour toujours.

Je ne pensais pas à m'enfuir de chez Madame et Monsieur. Je travaillais jusqu'à l'épuisement.

Je ne savais pas pourquoi Madame et Monsieur n'étaient jamais contents de moi. De mon réveil avant l'aube jusqu'au cœur de la nuit, je lavais les murs, les sols, les vitres, j'épluchais, je cuisinais sous les ordres de Madame des mets inconnus auxquels je n'avais pas le droit de goûter. Obéir à Madame jusqu'à ce qu'elle s'endorme. Après le travail domestique, je cousais, brodais pour le futur bébé sous le néon de la cuisine, la douleur aux épaules, aux yeux, partout. Madame attendait un garçon ! Cela aurait dû la rendre généreuse, heureuse, mais c'était le contraire. Quand enfin je pouvais aller dormir dans le réduit entre l'escalier et le toit, j'étais assommée de fatigue. J'étais réduite à vivre comme une fourmi. Pire, car les fourmis forment une communauté solidaire et moi j'étais isolée. Mon existence n'avait pas plus d'importance que celle d'une fourmi écrasée sur le chemin. Le dégoût m'anéantissait. Mes larmes coulaient à flots, à l'idée de toujours rester prisonnière dans ce pays, sans nouvelles de ma famille aimée. Loin, si loin de la Chine.

Quand Madame a eu ce caprice de pain frais chaque matin, j'étais terrorisée de sortir dans la grande ville en pays inconnu. Elle m'a poussée dans l'escalier avec deux bouts de papier dans la poche de ma jupe. Une liste de courses et un plan où elle avait dessiné quatre rues. Madame avait dit que je devais être de retour dans quinze minutes, les quinze minutes écoulées, elle préviendrait la police. Celle qui ramasse les étrangers dans la rue pour les mettre en prison.

J'avais si peur que dans la boutique, j'ai tendu les deux papiers à la boulangère. La femme m'a parlé dans sa langue, attendant une réponse. Comme je gardais les yeux baissés en me taisant, elle m'a tendu un pain et un sac en papier avec deux pains feuilletés et roulés pour Madame. Je me suis retournée pour partir sans traîner. J'ai eu honte de mon impolitesse, mais Madame m'avait interdit de dire merci. Le mot qu'elle exige que je lui dise après avoir reçu à manger ou des claques. En un éclair, j'ai vu un très grand garçon ouvrir la porte. Le garçon restait en travers de mon chemin à me fixer. Je n'osais pas respirer ni regarder. Il a reculé sur le trottoir pour me laisser sortir.

Les yeux au sol, j'ai pris la fuite. Passé le coin de la rue, je me suis arrêtée un instant. La gorge nouée par l'émotion. Depuis des jours, des semaines j'étais enfermée. Soudain, je découvrais le parfum de l'été, sa lumière. Le vent léger du lever du jour dans la nuque, le ciel limpide au-dessus de ma tête. Des oiseaux ont chanté, et j'ai senti son regard sur mon dos. Le garçon me regardait. J'ai filé chez Madame.

Le second matin, il était devant la boulangerie à mon arrivée, son regard m'a enveloppée avec douceur. Il m'a tenu la porte ouverte, s'est effacé pour me laisser entrer. Son odeur était celle des fleurs sauvages, de l'herbe dans l'ombre des peupliers rouges bordant le fleuve en bas de mon village avant les grands travaux.

Sur le trajet du retour, j'avais moins peur, je marchais les yeux sur le ciel. Son bleu était pur au-dessus des toits plats ou pointus et rouges.

Les jours qui ont suivi, dès le réveil, j'attendais avec excitation le moment de sortir faire les courses. Mais je cachais soigneusement mon impatience à Madame de peur qu'elle ne renonce exprès à m'envoyer acheter le pain et ses croissants. Madame réagit souvent par méchanceté. Chaque matin, j'ouvrais plus grands mes yeux, j'observais les rues et les passants que je croisais en chemin. J'espérais la présence du garçon devant la boulangerie et m'en réjouissais. Il était là à mon arrivée, je sentais renaître mon sourire et battre mon cœur.

Au fond de moi, l'existence du garçon, en secret. Sur mon matelas, je me rappelais son visage et j'avais moins peur.

Son souvenir était comme un trésor que je ramenais à la lumière lorsque j'étais seule. Ses yeux aux prunelles d'encre me rassuraient peu à peu.

Une nuit, j'ai fait un rêve, je marchais avec lui sur la route blanche qui mène à mon village. Des deux côtés poussaient soja, maïs, tournesols, sorgho, sésame, patates douces, que je nommais au garçon. Les fleurs des tournesols tachaient de jaunes les champs vert vif. La campagne bruissait des cris des criquets cachés sous les feuilles de maïs, l'air embaumait le miel, les pierres des murets éclataient sous la chaleur. Sur le pas de leurs portes, les voisins nous saluaient, mes amis se joignaient à nous en un joyeux cortège et nous avancions en direction de la maison familiale. Sur le porche, mon père et ma mère m'attendaient serrés l'un contre l'autre. Ma mère avait lessivé le seuil encore humide et accroché une multitude de fleurs en papier aux rameaux du vieux cerisier. Mon père se redressait dignement. J'étais fière de revenir dans mon pays avec le gentil et beau garçon.

J'étais libre. Pas au passé comme dans mes souvenirs, non, j'étais libre dans le futur.

Avec ce rêve, j'ai compris que le garçon était apparu devant la boulangerie pour me donner la force de vivre, de m'enfuir de chez Monsieur et Madame. Grand et fort, il venait au cœur de l'été pour me délivrer.

Je ne dors pas. Je ne rêve plus. Un être humain ne peut pas dormir après ce que j'ai fait. Aucun être humain ne doit vivre ce que j'ai vécu.

Je soulève les paupières. Le garçon aux prunelles d'encre s'approche de la chambre, son regard doux est compatissant. Rancœur, peur, souffrance reculent. Sous l'onde de douceur qui me touche, une larve deviendrait papillon. Je sens le frémissement de mes ailes qui voudraient se déployer. Mais les miennes ne le peuvent plus. Douleurs.

Par la porte entrouverte, j'observe le garçon occupé sur son ordinateur.

Sans bouger, je tends le bras, pose sur mes cheveux le gros casque pour entendre sa musique. La chanson qu'il m'a fait écouter sur le trottoir le dernier matin devant la boulangerie. Je ne comprends que les mots que j'ai tant entendu employés par Madame : « pain, matin », mais ces mots avec la voix du garçon sont si doux, si tendres qu'ils signifient certainement autre chose.

Dos appuyé aux carreaux, j'observe la fille. Enfin calmée. Elle dort, recroquevillée au milieu du lit. Elle a ôté mon casque trop énorme pour sa tête. L'obscurité nous entoure. Je trace des signes sur la buée de la vitre. De la rue montent des cris. Ses mains se crispent sur la couette. Son corps a des spasmes. Je n'ai aucune solution. Rien de concret à lui proposer au réveil.

Gus a passé l'après-midi à chercher un avion, un train, un bateau, n'importe quoi pour qu'elle puisse s'échapper. L'argent, y a pas de problème, il sait à qui en emprunter. Mais sans numéro de passeport, même sur le Net, impossible d'acheter un billet. Les papiers photocopiés qu'elle a réussi à récupérer sont inutilisables sur le territoire français. Ça lui a mis un sale coup de le comprendre.

Je ne sais pas comment la faire partir d'ici. Les potes ont proposé d'aller directement sur les parkings de routiers ou sur les aires d'autoroutes pour lui trouver un fret, mais je ne veux pas. Trop risqué. Elle va se fourrer dans une filière douteuse, atterrir dans un réseau de prostitution. Je ne supporte pas l'idée de la mettre encore en danger. Elle a eu sa dose d'embrouilles pour être dans un aussi sale état. Le Roux fait jouer ses réseaux pour engager quelqu'un de confiance. Un chauffeur, pas trop curieux, qui me fournirait la preuve de son arrivée quelque part, loin. Et après ? Après le passeur, où ira-t-elle ? Vad a proposé de la conduire en dehors du territoire français. Des mecs peuvent lui fournir un bolide, une caisse au moteur gonflé, je l'emmènerais avec lui. Mais au final, elle se retrouvera paumée, sans soutien, dans un autre pays inconnu. Toujours en situation illégale. Elle est tellement fragilisée. Au bout du rouleau. Maigre, tendue à l'extrême. La balancer seule sans repères, c'est l'achever.

Demain matin, je reprends le boulot. Je peux pas continuer à m'absenter, sinon le patron va me virer. Comment je vais faire pour me dégager du temps ? L'aider ? Aucune idée. La fille n'a confiance qu'en moi. Elle ne peut pas sortir. Les potes pourront jamais l'approcher. Et cette folle de boulangère qui racontait encore tout à l'heure aux clients qu'avec les étrangers il faut toujours s'attendre à des embrouilles, que ce sont tous des voleurs ! Me jetant des regards par en dessous. Avant d'ajouter, la voix chargée de sous-entendus malsains: « Faut se méfier aussi des Jaunes, les Jaunes sont des étrangers comme les autres, et ils sont plus nombreux ! » Je n'achèterai plus de pain à cette folle. Si je raconte ça à Agathe, elle laissera pas passer. À coup sûr, elle viendra avec moi bomber le rideau de la boutique en représailles. Elle a la rage, cette fille, elle bout quand elle se laisse aller.

Je sors de la chambre sans faire de bruit. Trop bizarre de penser à Agathe avec les yeux sur l'autre fille.

Le corps parallèle au sol, en appui sur les mains. Bras tendus, pliés, tendus, je compte. Les pompes font leur effet. Dépassé le chiffre trente, je me sens plus calme. Une nouvelle série, je me relève. J'ai chaud.

Au dehors, la nuit. Je surveille les fenêtres éclairées des immeubles en face comme jamais je ne l'ai fait. La ville est pourrie. Le brouillard, la pollution, ce n'est pas si grave. L'élément le plus dangereux sur terre, c'est l'espèce humaine. « L'homme est un loup pour l'homme. » La phrase de grand-mère me revient. Les êtres humains pourrissent la ville, l'existence.

Agathe me traite de sale gosse quand je l'agace. Elle a raison. Jusqu'à avant-hier, j'avais des préoccupations de sale gosse. Mais depuis que cette fille est venue me demander de la protéger, c'est autre chose. Avec elle, je touche à l'essentiel, comme avec grand-mère. Grand-mère savait m'amener à réfléchir, à me poser.

Tous ceux qui bousillent la vie me dégoûtent. Ils sont nombreux. Trop. Agathe en a croisé un spécimen. Un taré qui pratique un jeu où le chasseur ne prend aucun risque. Humiliation et violence. Mon petit Grain de riz s'est relevée, meurtrie, dégoûtée. Plus rat que rat. Elle sortait d'ici, je dormais. Et le lendemain, je l'ai écoutée distraitement. En mâle voulant défendre sa meuf, sans plus. Je n'étais pas prêt. Ce soir, je réalise quel lourd je suis ! Pour nous les mecs, ce ne sera jamais pareil que pour elles.

Je tourne en rond dans la pièce. L'évidence me surprend.

Je n'aime pas assez Agathe pour avoir envie de changer.

Quand je me suis arrêté près du camion de déménagement, elle m'a intrigué, la petite Chinoise pas farouche, débarquée à la fin de l'été. Je l'ai sentie tout de suite touchée, admirative, séduite. Sentir le déclic dans sa tête, ça m'a flatté.

Déclencher un sentiment… être aimé, devenir amoureux de celui qui vous aime, le croire… Quelle confusion. Pas facile, l'amour.

Je prends une clope.

Je n'ai pas compris en croisant Agathe que j'étais déjà amoureux. Que je vibrais pour une autre, sans me l'avouer. Qu'Agathe avait rallumé une flamme en veilleuse.

Je râle à voix basse. Pas trop fier de moi. Comment expliquer à la fille qui croit en notre amour qu'en fait, elle est seule… Un décalage, et tout se complique.

Plus tard, je verrai ça plus tard. Agathe, c'est pas l'urgence. Il s'agit de trouver une solution pour l'autre fille. Maintenant.

Relire encore une fois les imprimés que l'avocate a confiés à Vad. Il n'a pas saisi ce qu'elle lui expliquait et a été incapable de me transmettre ses conseils.

J'allume l'ampli, lance une liste de lecture aléatoire. J'ai enfin obtenu les morceaux que je cherchais. Besoin de musique pour me concentrer. La voix de Martin Angor s'élève. L'avocate a noté des adresses Internet, des sites juridiques et d'aides sociales. Mais si leur consultation est aussi complexe que la lecture de ses formulaires, je n'ai pas fini de me prendre la tête. Je mets le son en sourdine, pour laisser la fille se reposer. Elle en a trop besoin. Vais la voir dormir. Appuyé au chambranle, je la regarde sans bouger. Ses pieds nus dépassent de la couette, elle a le corps d'une enfant. Sans la date de naissance sur ses papiers, je croirais pas qu'elle a dix-neuf ans. La contempler m'émeut comme jamais personne ne m'a ému. Pourquoi n'es-tu plus là, grand-mère… Si tu étais encore vivante, je l'aurais emmenée se cacher chez toi. Tu m'aurais conseillé. Toi qui disais en me parlant de l'amour : « T'inquiète pas, mon Gilan, l'amour, quand tu le rencontreras, tu ne pourras pas le louper. Le véritable amour est une révélation. » Je me marrais. Tu me tirais l'oreille avec tendresse en répétant : « Tu verras quand ce sera ton tour. »

Agathe t'aurait plu, c'est sûr. Elle pourrait me conseiller comme tu le faisais, mais je peux pas lui annoncer en même temps que je ne l'aime pas et que cette autre fille est chez moi…

Pauvre idiot, regarde les choses en face : tu sous-estimes Agathe. C'est toi qui n'as pas la force de tout lui raconter, c'est toi le minable, le traître… Celui qui ne sait plus où nager.

Allez, va au fond des choses. Tu n'es tombé amoureux d'Agathe que parce que l'autre fille avait disparu. Le déclic amoureux, le tien, tu ne l'as pas eu au camion de déménagement, mais sur le trottoir de la boulangerie ! Cette fille, qui dort sous la couette, c'est elle qui t'a filé le virus de l'amour. Tu l'as croisée à peine cinq minutes, cinq matins de suite. Toujours muette, et tu ne l'as pas oubliée… Il a suffi qu'elle débarque pour qu'Agathe passe au second plan. C'est pas facile, une fille comme elle. Elle t'impressionne avec sa douleur, son silence. Avec elle, tu ne sais pas comment t'y prendre.

En apnée, j'ouvre la fenêtre, respire. C'était plus facile d'aimer Agathe. Je me posais pas de questions. Je l'embrassais, passais du temps avec elle. Elle était contente, c'était sympa.

Voir dormir cette fille chez moi me trouble à fond. Je m'approche sans réfléchir du lit. Dès qu'elle entend mon pas, ses paupières se soulèvent, ses yeux me brûlent. Vite, elle se redresse, se tasse, animal enfoncé dans le coin du mur. La couverture jusqu'aux sourcils. Je m'immobilise le temps qu'elle réalise qu'il s'agit de moi, seulement moi. Alors elle se déplie, vient s'asseoir en tailleur au bord du lit, cherche mon MP3 et le casque sous les draps. Me les rend. Je propose :

– Tu veux manger ? manger ?

– Oui.

– Thé ?

– Oui.

Des « oui » hésitants, plus légers qu'une expiration.

L'entendre parler me touche toujours autant. Sa voix est musique, corde qui vibre, poésie. Les matins devant la boulangerie, elle n'a jamais osé parler. Le dernier jour, quand je lui ai tendu mon casque, j'ai cru qu'elle allait s'évanouir sans un mot.

Mais depuis qu'elle est chez moi, elle se met lentement à parler. Et c'est moi qu'elle a choisi pour l'aider. Je lui souris de gratitude, fonce à la cuisine faire chauffer de l'eau, sors les sachets avec enthousiasme. J'apprendrai sa langue, un mot, un son et tout change ! Je m'affaire tel un roi dans son palais. Elle va m'expliquer d'où elle vient. Ses bleus, sa peur. Pourquoi elle est ici, où elle habitait dans le quartier.

Quand je reviens dans la chambre avec deux assiettes de pâtes et les tasses, son visage s'ouvre un peu. On mange, elle sur le lit, moi par terre. Le radio-réveil de mon coloc projette l'heure en gros chiffres rouges sur le plafond, ce qui semble l'intriguer. La voir s'intéresser à un détail, aussi minime soit-il, me rassure sur son moral. Il est plus de minuit. On est demain. Elle mange lentement. Elle ne tente pas de me parler. Je ne m'en sortirai pas.

Mon portable sonne. Le numéro de Vad. Je décroche. Il crie :

– Tu peux te la garder, ta furie !

– Je t'avais prévenu.

– Tu m'as dit qu'elle avait du cran, pas qu'elle attaquait à coups de pied.

– Elle t'a eu !

La fille est étonnée par mon rire. Je retourne dans l'autre pièce.

– Par surprise, qu'est-ce que tu crois…

– Et elle ne t'a pas balancé dans la flotte glacée ? Alors, ne te plains pas…

– Si tu n'étais pas mon meilleur ami…

Vad se marre brièvement avant de prendre son ton menaçant :

– Mais elle va comprendre !

– Laisse béton.

– Le respect. Je vais lui apprendre le respect.

– Tu ne touches pas à Agathe. Point barre. Je te revaudrai ça. Pour la convocation au commissariat, les flics sont tombés dans le panneau ?

– Tu me connais. Le flic, un pur imbécile, m'a pris pour toi sans se douter de l'embrouille. Trop facile.

– En me remplaçant, tu m'as sauvé la vie ! Merci, mon frère.

– Écoute le conseil de ton frère, méfie-toi d'Agathe. Je l'ai vue sortir lundi soir de l'adresse où les flics ont ramassé le macchabée. Ça pue l'embrouille.

– Vad. Elle gardait le môme du type, lundi.

– Mouais comme par hasard. Elle avait une sale allure à l'heure du crime, et possède assez de technique pour tuer un mec.

– Tu déconnes.

– À ta place, je vérifierais avant qu'elle me colle le meurtre sur le dos. Une vicieuse, je te dis, elle m'a fait filer par sa copine cet après-midi.

– Une filature ? T'es ouf !

– Elle me lâchait plus, la Mexicaine. Je me suis cassé par la traboule, celle du restau afghan d'Asmir, pour arriver à l'heure chez ton flic.

– Tu t'es fait un film.

– Tu veux que je t'envoie sa photo ? Je l'ai dans mon portable ! Et tout à l'heure, elle attendait Agathe à la péniche. Petite, très brune, lunettes, Indienne, tu la vois ?

– T'as dû tomber dans une histoire de copines.

– Tu la connais mieux que moi, ta furie.

– Ne la cherche pas.

– Mouais, cale-toi avec une blonde sexy et laisse tomber tes Chinoises.

– Vos contacts pour la sortie du territoire, vous en êtes où avec le Roux ?

– En cours, plus long que prévu. La période est compliquée. C'est moi qui t'appellerai. Demain.

– Ça le fait.

Je sens une présence dans mon dos. La fille, debout, cherche où poser l'assiette, fait mine de la laver. Je lui fais signe que non et à Vad :

– J'attends ton appel, je dois raccrocher.

– Te laisse pas bouffer par Agathe.

Je lui enlève la vaisselle des mains, montre la banquette. Elle s'assoit le dos très droit. Les bras croisés sur sa poitrine menue… Des petits seins plaqués, au lieu de s'agiter comme les ballons des blondes… Pourquoi Vad en veut-il autant à Agathe ? La fille lève vers moi son visage minuscule :

– Je. Parler avec toi.

Et elle s'arrête. Je m'assieds face à elle qui attend, me fait l'effet d'un chiot battu. Si jolie malgré sa terreur à fleur de peau.

– Oui. Dis-moi, explique.

Le lendemain, j'ai la tête dans le sac. Cœur broyé. L'estomac au bord des lèvres. Toute la nuit, j'ai entendu le clone répéter : « Gilan n'en a rien à foutre de toi. Il a une autre fille. »

J'ai une concurrente, une fille avec qui mon mec passe son temps. La jalousie pourrit mon réveil. Les phrases décochées par Vad continuent leur chemin en moi. Dévastatrices. Aigrie par les soupçons, je me sens si lamentable que je préfère fuir. Lucia-Paz m'embrasse, tendue d'inquiétude. Elle ne m'en veut pas, elle est mon amie.

La morsure du froid est moins douloureuse que la jalousie qui me ronge. Le jour ne se lève pas, l'humidité stagne et avec elle, les sales images de la nuit. Le doute m'oppresse. Dur, dur de reprendre le cours de la vie. Au passage, je glisse un euro à une femme blottie en plein courant d'air, je voudrais qu'on me plaigne, qu'on me soulage. J'ai perdu ma confiance en Gilan, je me sens trahie. Renonçant à me retrouver avec les autres dans un bus, je rentre chez moi en courant. Une course mécanique, déplaisante. L'air refroidi par son passage sur l'eau glaciale du Rhône m'arrache des larmes. Mon nez coule. Je me fais l'effet d'un détritus. Je n'ai plus confiance en personne.

Sans ralentir, je pousse la porte de l'allée, gravis les quatre étages dans la foulée. Ni lune ni soleil au firmament de la verrière. Mais la Tortue qui m'attend. Assis sur les dernières marches de l'escalier. C'est du harcèlement.

– Votre appartement se situe exactement…

Il se fout de moi, en plus. Je murmure avec rogne sans le regarder :

– Je sais. J'habite au centre du monde.

– Très exactement, entre la boulangerie et le commissariat…

Prenant soudain conscience de la tête que je fais, il se tait. Je rêve ! Il a une baguette sous le bras.

– Vous êtes vraiment la dernière personne avec qui j'ai envie de déjeuner.

– J'ai besoin de votre déposition. Je peux vous conduire.

– J'ai cours de chinois à dix heures.

– Chinois...

– Ma mère est chinoise, j'apprends le chinois, c'est normal ! Ma voix a dérapé.

– Ce ne sera pas long. Vous arriverez à l'heure en cours.

Je cherche mes clefs, lui tournant ostensiblement le dos. Je n'aime pas ses manières. Ce n'est vraiment pas le moment. Il ne peut pas me laisser en paix ? Mais il ajoute avec lenteur :

– Prenez cinq minutes pour vous préparer. Je vous attends en bas. N'importe comment, vous n'avez pas le choix.

Pour un peu, ses collègues nous massacraient et lui vient s'inviter au petit déjeuner ! Bravo la police de proximité !

J'ouvre ma porte d'un coup de pied rageur. À l'intérieur, mon dragon porte-bonheur se balance, décroché à moitié, lamentable. L'autre clou a roulé je ne sais où. Encore une mauvaise journée en perspective, je n'en peux plus. Je constate les dégâts dans le miroir. Aussi marquée qu'une vieille ayant passé sa vie dans une fumerie d'opium ou dans un camp de rééducation pendant la Révolution culturelle. Besoin d'un traitement de choc, vite je me déshabille, me jette sous la douche. Six minutes plus tard, en posant du rouge cerise sur mes lèvres, le souvenir de Vad trouble mon reflet, me fait peur. Il va se venger. Dans l'immédiat, j'ai tout intérêt à me laisser accompagner par le flic. En cherchant mon dico de chinois, je jette un coup d'œil par la fenêtre. La Tortue fume. Une grosse écharpe rayée gris et noir autour du cou. Le voir faire le trottoir me distrait un quart de seconde. Mais le faire attendre ne m'amuse plus. Je suis devenue un bloc de glace, sans émotion. J'appelle Gilan avec le besoin urgent qu'il fasse taire mes doutes. Surprise ! Il décroche :

– Agathe ? J'arrive à l'instant au boulot. Ça va ?

– Non. Tu te comportes comme le dernier des…

– Pas maintenant, Grain de riz.

– Pourquoi, tu m'as…

– On va se voir.

– Et tu veux que je te croie ! Ne m'envoie plus jamais ton clone, celui-là, je…

– Vad m'a dépanné, j'étais dans la…

– Je veux te voir ! Aujourd'hui.

– Mais je vais bosser !

– À midi.

– Impossible. Demain.

– Non, trop loin.

– Demain. Promis, Grain de riz, je…

– Tu m'appelles à la sortie du boulot.

– Agathe…

– Je t'embrasse.

– Bisous.

Gilan m'a parlé, je suis moins malheureuse. Un peu moins. Dernier coup d'œil par la vitre, le flic est au volant de sa bagnole garée sur le trottoir. Aucun interdit pour la police. Je descends rapidement. Gilan m'a répondu. Après les excités de flics en civil, la Tortue ne me fait plus peur et je veux en savoir davantage. Avant de sortir, je détaille le cours, le pont. Il fait enfin clair. Le moteur tourne, je me précipite, il démarre, on s'observe dans le rétro. Mes mèches noires sont mouillées. Mon portable sonne, c'est ma mère. Mes nombreux appels l'ont inquiétée. Je mens, disant que je vais bien et lui demande quand je peux l'appeler longuement. Elle me répond : « Après vingt-deux heures. » Je dis « bisous man », raccroche et pousse un long soupir, vingt-deux heures… Je l'ai trop bien rassurée.

La Tortue n'ajoute aucun commentaire. Direction l'hôtel de police, rive gauche. Concentrée sur moi-même, je fais le vide, respire selon mes techniques de préparations avant un combat. Il se gare à la même place, rentre dans le commissariat en employant la même tactique.

Un uniforme à l'accueil lui indique un flic en civil qui l'attend. Sans s'arrêter, il file dans un couloir, me fait signe de le suivre. Je commence à avoir l'habitude de ses manières. Debout, derrière l'écran, il commence :

– Vous avez omis de m'informer du fait que vous aviez déjà travaillé pour les Levallois. Or, d'après l'enquête de voisinage, cet été, vous faisiez déjà les courses de la famille. Chaque matin de la semaine du 15 août, vous vous êtes rendue à la boulangerie proche de leur domicile.

N'importe quoi ! S'il croit m'avoir avec ses élucubrations !

– Vous étiez la première cliente, arrivée à l'ouverture du magasin pour acheter un pain aux céréales et deux croissants. Cela pendant six jours consécutifs. La boulangère avait été prévenue de votre venue. Empêchée par sa grossesse, une femme récemment installée sur le quartier lui avait demandé de marquer le montant de vos achats. Son mari est passé régler la note au début du mois suivant, en septembre.

Ses pièges sont de plus en plus grossiers.

– Suite aux révélations de la boulangère, Mme Levallois a confirmé vous avoir embauchée la semaine du 15 août. Mais à votre premier rendez-vous, vous regardiez avec tant de convoitise les bijoux qu'elle portait et les objets dans l'appartement qu'elle n'a pas osé vous confier l'argent du pain, de peur que vous partiez avec sans lui rapporter ses courses. Apparemment, elle se méfiait beaucoup de vous.

Il m'énerve tellement que je décide d'aller dans son sens. L'air impassible, j'articule comme je l'ai entendu jouer au cinéma :

– Madame était malade.

La Tortue cache mal sa stupeur. Pourtant, il sait que je peux être caustique et ne devrait pas être autant perturbé. Ses yeux ne me quittent plus, il continue :

– Toujours d'après le témoignage figurant dans l'enquête de voisinage, la boulangère dit ne pas vous avoir revue avant lundi dernier. Lundi, le jour du meurtre, vous êtes arrivée deux minutes avant l'heure de fermeture du magasin, pour acheter une demi-baguette, que cette fois vous avez payée. Qu'en dites-vous, mademoiselle ?

Fausse piste pour fausse piste, je fonce dans la sienne avec ma voix de petite bonne :

– J'avais l'argent sur moi, Madame a eu confiance !

La tête de la Tortue s'étire au-dessus de la page imprimée qu'il lisait. Ses yeux se rapprochent des miens. Deux glaçons bleus moqueurs.

– J'ai reçu votre ami, hier après-midi. Il s'est montré plus coopératif que vous.

Faux cul ! Continuer à respirer, sans rien laisser paraître. « Le karaté amène à la sérénité. » Tu parles, mon intestin se rebelle.

– Il a l'air bien, ce jeune homme.

Il n'a pas pu voir Gilan. Lucia-Paz a passé l'après-midi à lui courir après. La Tortue me teste.

– En tout cas, il soigne les apparences.

Il attend, le bleu narquois étincelle.

– Mais beaucoup moins ses fréquentations.

Je change de sujet.

– Vous avez l'objet qui a tué la victime et le résultat de la police scientifique pour les empreintes ?

– Tout à fait. La canne de golf est en possession de nos services depuis le premier jour de l'enquête. Mardi matin, un habitant de l'immeuble voisin nous l'a remise. Elle avait été déposée dans une des poubelles de son allée. Dans le conteneur vert, celui pour la récupération du papier… Elle était enfoncée au milieu de tous ces journaux gratuits distribués dans les boîtes aux lettres, sur la voie publique. Il faudra bientôt ramasser les poubelles vertes deux ou trois fois par semaine si on veut garder la ville propre. Au jour d'aujourd'hui, elles ne sont ramassées qu'une fois par semaine, le jeudi. Le meurtrier ne le savait pas ou l'a oublié dans sa précipitation.

– Et les…

– Les empreintes ? Très nombreuses, ce fouineur de journaliste a raison. Vous, moi, tous les Lyonnais lisent le gratuit du soir. Vous ne pratiquez pas le golf, mademoiselle ?

– Non.

– Moi non plus.

Le téléphone posé entre nous sonne. Il ne décroche pas.

– Alors, si les empreintes du meurtrier sont identifiées… je peux aller en cours ?

– Parfaitement.

– À quelle heure est morte la victime ?

– Vous le lirez ce soir dans l'article du fouineur. Signez là.

Je parcours rapidement le texte imprimé, rien d'autre que le compte rendu de mon tout premier interrogatoire. Il referme le dossier.

Je pense à Gilan, m'inquiète :

– Sans les empreintes de mon ami, vous ne pouvez pas le mêler à cette histoire de meurtre.

– Effectivement.

– Il n'a rien à voir avec ce môme et son père.

– Comment en êtes-vous si sûre ?

– C'est un hasard que l'adresse des Levallois soit si proche de la sienne ! Ne vous mettez plus au milieu de notre histoire.

La Tortue m'observe, surpris par mon débordement d'émotion.

– Vous ne le fréquentez que depuis deux ou trois mois, si je m'en réfère à ce que vous avez dit.

– Oui.

– Votre mère est originaire du Sud de la Chine. À Angoulême, receviez-vous fréquemment des cousines, des amies venues en visite ou pour aider dans le restaurant de vos parents ?

– Non, jamais. Ma mère n'a pas gardé de liens avec sa famille restée en Chine.

Je réponds du tac au tac. Ses yeux s'amusent.

– Mes parents sont honnêtes, ils paient et déclarent leurs employés.

Il me laisse le temps de réfléchir.

– De plus en plus d'Asiatiques, notamment de jeunes Chinoises de la Chine du Sud, viennent en Europe. Ces femmes quittent des régions où l'industrie d'État est sinistrée, d'autres sont obligées d'abandonner leur région rurale suite à des déplacements de populations. Toutes s'exilent avec l'espoir de gagner assez d'argent en France, ou ailleurs, pour faire vivre leur famille. Elles paient des passeurs qui les mènent directement à l'employeur. Sans qu'aucune autorité européenne ne décèle leur arrivée sur le territoire.

– Je ne comprends pas.

– Savez-vous qu'il est très difficile d'établir un portrait robot d'après des témoignages visuels ? Dans ce domaine, les nouveaux outils informatiques nous apportent une aide appréciable et scientifique.

– …

– Pour un Français, par exemple, il est réellement très difficile d'identifier un individu appartenant à un groupe racial différent du sien. Face à une personne appartenant à un autre groupe, africain ou asiatique par exemple, les caractères physiques qu'un Européen enregistre de manière innée dans sa mémoire ne lui offrent pas une source de comparaison suffisante pour aiguiser son discernement. Enfin, c'est ce qu'il semble se passer dans la plupart des cas.

– Je sais. Je suis souvent désignée par les Français comme l'Asiatique, la Chinoise. La plupart des gens ne font pas l'effort de nous différencier. On parle des Noirs, des Roms…

Il semble vouloir terminer l'entretien sur ces considérations d'ordre général. Mais je ne bouge pas. Quelque chose me retient. J'en ai marre des mensonges. La Tortue profite de mon hésitation :

– Je vais abuser de votre coopération. Avant que le juge d'instruction chargé de l'enquête ne m'impose une démarche plus… plus administrative, dirais-je.

Il attend, me jauge. Je suis attentive.

– En fin de journée, après vos cours, rejoignez-moi à la boulangerie… celle où se sert votre ami, à l'angle près de chez lui, vous la situez ?

– Mais…

– Une confrontation dans le quartier peut être un élément déclencheur et me permettre de trouver ce quelque chose qui nous manque. Il vous manque aussi, n'est-ce pas ? Car nous savons tous les deux que vous n'habitiez pas Lyon la semaine du 15 août.

Sa tête réintègre la moelleuse écharpe qu'il n'a pas quittée, mais ses yeux clignotent, électriques. Le nous qu'il vient d'employer me permet de lui répondre sans détour.

– D'accord, je viendrai.

– Bien. Dix-huit heures trente devant la boulangerie.

– L'heure de la mort, vous pouvez me la dire ?

– Une heure quinze ou davantage, peu après votre départ. L'assassin était peut-être dans l'escalier quand vous avez quitté le domicile.

– Je n'ai pas fait attention, j'étais pressée de rentrer.

– Chez vous ?

– Oui, enfin non. J'ai fait un détour par la rue de Gilan. Il dormait, seule la chambre de son colocataire était éclairée.

– Drôle de personnage, venu témoigner hier dans ce bureau, alors que d'après nos recherches, il travaille dans une station de sports d'hiver, en altitude. Le patron du magasin de sports me l'a passé sans problème. Les deux étaient fort aimables.

Je le regarde depuis la porte. Resté assis, il lance, enjoué :

– Votre ami est un amuseur. Dites-le lui de ma part, j'ai beaucoup apprécié les prestations qu'il m'a offertes hier. Au fait, lundi soir, vous n'êtes pas montée chez lui ?

– Non.

J'ai baissé la garde trop tôt. Il ajoute avec sa lenteur exaspérante, sans me lâcher du regard :

– Dites-lui que la justice s'applique à tous. Et également de faire attention. Cela vaut pour vous : restez prudente.

« Intoxication alimentaire ». Deux mots magiques qui suffisent au patron. Paternaliste, il me demande si je vais mieux. Je fais une grimace de circonstance, mine de déterré mais courageuse pour excuser mon retard. Il me montre le planning, repart dans son bureau. Les collègues rejoignent leurs postes de travail.

Dur le retour, le manque de sommeil se fait sentir. Des points de douleur me lancent aux tempes. J'ai pas les yeux en face des trous. Prolonger mon arrêt maladie était risqué, avec la police en alerte, et j'ai promis à grand-mère d'aller au bout de mon choix. Je peux pas me faire virer. J'ouvre le vestiaire métallique. La plainte de la porte qui coince me renvoie l'image de la fille perdue. Bouffée par la trouille, l'angoisse. Je supporte pas de la voir réduite à ça.

Envie de tout défoncer. Un collègue passe la tête dans le vestiaire.

– On t'attend pour la découpe.

– J'arrive.

Faut que je me sorte cette fille de la tête, sinon je vais me prendre les mains dans la plieuse. J'ai fermé la porte de l'appartement à clef. Personne ne viendra la déranger. Elle semblait plus calme ce matin. Mais à mon départ, la peur a noyé ses beaux yeux. Pourvu qu'elle tienne le coup enfermée seule toute la journée. Qu'elle ne se mette pas à paniquer.

– Wouech !

C'est mon salut général en entrant dans l'atelier. Celui que les gars aiment entendre. Ils m'adressent des signes de connivence pour mon retour, se marrent. Je suis le petit jeunot, celui qu'ils encouragent, qu'ils adorent mettre en boîte. Avant d'abaisser le masque de protection, j'échange un clin d'œil avec Max, déjà au poste de soudure. Me comporter comme d'habitude. Ne rien laisser paraître.

Avant d'aller aux machines, on me demande de déplacer des petites pièces débitées. La manutention, ça occupe le corps, pas la tête.

La petite Chinoise m'a pas tout dit. Elle a trop peur de parler. Mots, gestes brefs et trois tonnes de silence. Peu de vocabulaire, ça c'est sûr, mais c'est pas ça qui bloque.

La même mélodie revient marteler ma tête. Depuis le premier jour où je l'ai entendue, je l'ai associée à elle. La Chinoise muette. Sans savoir.

Belle
Belle comme un AK-47
Dans les mains des rebelles
Qui t'ont capturée ma belle
Et que je vais déchirer
À grands coups de shrapnells
Belle, belle comme un AK-47
Mon amour, mon amour kalachnikov

Chanter en boucle ne m'empêche pas de bosser, au contraire. Dans le vacarme ambiant, personne ne m'entend. Ça tinte, frappe, de l'aigu au grave. Sons, sueur. Chaque machine a son rythme propre, unique. Du vestiaire, on entend un magma sonore. En me déplaçant dans l'atelier, je vois les collègues s'activer. Efficaces. Bosser leur rapporte le fric nécessaire pour bouffer, payer le loyer… Pareil pour moi… Quand j'en aurai assez d'ici, je chercherai ailleurs. On n'est pas des esclaves. Y a un droit du travail en France. Max y tient. Les autres aussi. Le boss, ses ouvriers il les respecte. Il a besoin de nous pour tourner. La petite Chinoise, elle a besoin de liberté. Après, elle ira mieux.

Je vérifie le réglage de la débiteuse. Mise en route, la machine ronronne, piaffe, s'élance. Ça suffit la clandestinité ! On l'a assez exploitée !

Me concentrer. Les pièces sont préparées. Je me fixe sur les repères de coupe. Engage la première pièce.

Les particules de métal fusent. Dans chaque étincelle brillent ses yeux. Des amandes noires qui me brûlent. Partir ailleurs avec elle.

La sueur ruisselle sur mon front. Son image se brouille. Douceur brisée. Aux machines, être attentif, le rester. C'est la consigne. Les gestes sont trop nouveaux pour moi. Les collègues qui ont l'habitude, à quoi ils pensent ? Faut vraiment que j'assure aujourd'hui. Que je reprenne ma place. Et que je dorme la nuit prochaine. Une nouvelle nuit blanche serait de trop.

En quittant l'hôtel de police, je saute sans réfléchir dans le même bus que la veille. Tant pis pour la fac. Les cours attendront. Aujourd'hui je vais agir à l'instinct. Cela m'a réussi tout à l'heure quand j'ai joué la petite bonne.

J'ai mis le doigt sur quelque chose dans le bureau de la Tortue, mais quoi ? Coincée dans la cohue des transports en commun, je divague. Trop d'éléments, de fatigue, de rancœur aussi. Et l'autre, la riche menteuse Mme Levallois, avec ses soi-disant bijoux volés ! Quel intérêt a-t-elle à confirmer les bêtises de la boulangère ? Diamants et perles, tu parles ! J'en veux à Vad de me faire basculer dans la suspicion et l'aigreur. Quel rôle il joue, ce fumier ?

Vad, le Roux et ses amis les trafiquants, qu'est-ce qu'ils complotent ? Et Gilan ? Qu'est-ce qu'ils font ensemble ?

Rester à attendre que les choses se dénouent sans intervenir, c'est pas vraiment mon genre. Je veux comprendre avant de retrouver le flic, ce soir.

Ce matin la voix de Gilan était douce, mais bizarre, trop chargée d'émotions, décalée.

Quand je saute du bus sur le cours d'Herbouville, je suis décidée. Je vais aller fouiner du côté de chez lui. Ce n'est pas reluisant comme conduite, mais si ça se trouve, mon amoureux me mène en bateau. Il ne travaille pas plus aujourd'hui qu'hier. Au moins, j'aurai avancé au lieu de me morfondre en cours, en pleurant le beau Gilan. Je n'aime pas qu'on me balade. Les autres mecs, je les ai quittés avant qu'ils y songent. Alors, même si Gilan me rend dingue, il est temps que je sois lucide. Au moins que la jalousie serve à ça !

Dans mon studio, je me débarrasse des bouquins trop lourds, entame un nouveau sachet de gingembre, ressors aussitôt.

Le ciel s'obscurcit, un vol d'étourneaux s'abat sur les arbres nus du quai. Je déteste ses oiseaux grégaires aux cliquetis bavards et grinçants. Je déteste le brouillard, les gaz d'échappement au ras des merdes de chiens, la bise glacée. Je déteste l'hiver urbain, la jalousie, l'amour à la dérive.

En plus, j'ai accroché mes mitaines à la portière du taxi. Les mailles ont filé dans la paume gauche. Le trou a la forme d'un cœur. J'ai le cœur en trou.

Mon mec qui adore mes mitaines ne donne plus signe de vie.

Et je ne peux empêcher le texte de Baudelaire de tourner dans ma tête.

C'est ici la case sacrée
Où cette fille très parée,
Tranquille et toujours préparée,

D'une main éventant ses seins,
Et son coude dans les coussins,
Écoute pleurer les bassins :

C'est la chambre de Dorothée.
– La brise et l'eau chantent au loin
Leur chanson de sanglots heurtée
Pour bercer cette enfant gâtée.

Du haut en bas, avec grand soin,
Sa peau délicate et frottée
D'huile odorante et de benjoin.
– Des fleurs se pâment dans un coin.

Maintenant que je le sais par cœur, je ne sais plus à qui le chanter.

Deux jours sans nous voir, cela n'a rien d'étonnant en temps normal, mais avec cette sale histoire, c'est une éternité de mauvais augure. Le souvenir de ma tête contre son blouson a une saveur étrange. Je n'accepte pas de ranger ce geste dans la case souvenir de mon cerveau. Il est trop tôt ! Je vais me battre.

Je file de grands coups de pied dans le tas de feuilles amassé au pied de l'escalier, histoire de m'encourager. Le taré n'agit pas de jour. Après un dernier regard sur la courbe du fleuve, je m'élance. Droit devant dans l'escalier du passage Soulary.

Courir, c'est comme nager dans une longue rivière, mais la rivière dure aussi longtemps que je le veux. Se dépasser pour éliminer les toxines du corps et virer les scories de la tête.

J'en aurai le cœur net.

L'escalier est si raide qu'une rampe est fixée de chaque côté aux murs qui l'enserrent. Ma buée me précède. Entre les deux virages, les murs m'entourent, départ et arrivée ne sont plus visibles. Mon pouls s'affole. J'accélère à fond, m'arrache à la portion sans horizon. Les maisons du haut surgissent. Le jour froid fige le passage. À la sortie des trois cents marches, sens en alerte, je contourne la barrière. Souffle court, ventre déchiré, je sprinte. Les grafs défilent. Un chien aboie derrière les hauts murs, sinon, le silence. Je jaillis hors du passage. Inspire longuement avec la sensation de remonter à l'air libre. Le froid griffe mon visage et la sueur coule dans mon dos. L'immeuble du mort, le ciel gris, le chantier désert, la vue est sinistre. Je me remets à courir, prends la première rue à droite, parallèle à celle de Gilan. Des élèves sortent du collège technique, d'autres me sifflent depuis le terrain de basket. Je tourne, ralentis, le nez sur les vitrines de la braderie à l'angle. Montres, vases, jouets en plastique, bibelots, tout un bric-à-brac livré d'Asie par conteneurs entiers. Je surveille les reflets. Personne ne me suit. Gilan habite à trois numéros de là. Quand je venais le voir, à la fin de l'été, du trottoir, j'entendais sa musique. Sans monter, je savais s'il était là ou non. Bien sûr avec ce froid, les fenêtres sont fermées. Ce qui ne signifie pas grand-chose.

Pas de code à l'entrée du vieil immeuble.

– Bonjour mademoiselle.

La petite vieille me sourit, ralentit en me croisant dans le hall. Je sens son envie de discuter, elle m'aime bien. Je prends l'air pressé le temps qu'elle sorte. Lire son nom « Gilan Ferri » sur la boîte aux lettres me trouble, je me sens mal à l'idée de l'espionner. Je coupe mon téléphone portable. Personne dans l'escalier, je monte avec précautions. M'arrête au deuxième, l'oreille tendue, aucune musique ne s'échappe de son appartement au-dessus. Je grimpe vivement le dernier étage, frappe à sa porte. Les deux coups résonnent dans le silence. J'attends une minute, frappe plus fort. Pas de réactions. Je frappe des petits coups rythmés, ouf ! Il est absent. Le soulagement me fait sourire. Gilan n'est pas chez lui. Il est à son travail, je faisais fausse route, me sens ridicule. Rassurée, je m'assieds au sol, contre le bois, sans faire de bruit. J'ai tout mon temps. Dans mon dos, l'appartement, la chambre… Le lit, nos jeux amoureux…

Je sursaute. Étouffe mon cri, main sur la bouche.

Un verre ! Un verre vient de se briser. À l'intérieur !

Affolée, respiration bloquée, je me fige.

J'ai entendu un verre exploser sur le sol.

Quelqu'un est dans l'appartement. Qui ?

De l'autre côté de la porte, la personne ne bouge plus. Instant suspendu. Corps plaqué, oreille collée au bois. Je guette. Entends un pas léger. Réel ou imaginaire ?

La tension intenable. Envie de hurler. Derrière, un mouvement imperceptible m'en empêche. Des frottements. Les éclats de verre tintent, poussés sur le sol. Quelqu'un les ramasse, le plus discrètement possible. Gilan ? Pourquoi une telle discrétion ? L'exclamation retentit. Me pétrifie. Un mot chinois ! Lâché au milieu du silence. Je n'en reviens pas. J'ai mal. Me sens doublement trahie. Derrière la porte, la femme s'est tue. Une Chinoise est chez lui. Elle a dû se couper. Mais qu'est-ce qu'elle fait chez mon mec ? Je suis horrifiée. De colère, douleur, j'ai envie d'exploser la porte. Foncer sur elle. Américaine,

Arabe, Russe, elle pouvait être de n'importe où dans le monde mais non, elle est chinoise ! Elle a reculé, je n'entends plus rien. Gilan n'est pas venu à son aide. Il est absent mais c'est pire. Il est parti travailler et l'a laissée dormir ! Il l'a trouvée où, sa Chinoise ?

Bouleversée, je m'écarte avec précaution de sa porte. Soudain, j'ai peur d'être démasquée. J'attends accrochée à la rampe, guettant une réaction provenant de l'appartement, l'espérant. Je ne sais plus ce que je veux. Les genoux tremblants, je redescends à l'étage des petits vieux. Je pourrais poser des questions à la voisine. Je me dégoûte, en proie à la jalousie, je deviens idiote.

Larmes aux yeux, je cours à perdre haleine dans des rues que je ne connais pas. Une douleur sauvage me ravage. Me détruit.

Depuis le meurtre, Gilan et moi sommes projetés chacun sur une rive différente. Au milieu coule un fleuve. Un troisième fleuve, violent, tumultueux où flottent les débris de l'amour. Mon corps est une carcasse vide.

Mes poumons éclatent, libèrent un long cri.

Les gens autour m'observent. Je reviens à moi.

Le sol froid sous mes genoux. Des crampes dans les pieds. Des fourmis qui assaillent les cuisses, les bras. Le ventre dur, un caillou, un sac de cailloux. Ne pas remuer. Les débris de verre dans la pelle au bout de la main devenue insensible. L'autre main au sol. Prête au départ pour une impossible course.

C'est Madame. Je l'ai entendue respirer derrière la porte. Elle m'a retrouvée. Elle va revenir me prendre, me battre à mort.

Le malheur va s'abattre sur moi encore et encore. L'énergie me quitte. Je formule un souhait : disparaître. À jamais. Ne plus souffrir. Ne plus avoir honte.

Des pas dans l'escalier. Elle a appelé du renfort. Un coup de sonnette en dessous. On lui répond. Les voix me parviennent étouffées, déformées. Est-ce celle de Madame ? Sa voix peut prendre des formes si différentes, siffler comme un mauvais serpent quand elle me commande, couler douce rivière de miel pour le bébé, s'envoler légère pour captiver Monsieur. J'écoute encore. Ma maladresse m'a dénoncée. Le gentil garçon ne pourra plus me protéger. La discussion diminue, une seule voix monte, celle d'un vieil homme. La porte se referme. Le silence se prolonge. Merci. Je vais vivre encore.

Le sol sous ma main est taché d'un peu de sang. L'éclat de verre est fiché dans ma paume. Je l'ôte, vais à la chambre, sur le lit, sans oser ouvrir l'eau pour nettoyer la plaie. La voix du vieil homme a ranimé mes souvenirs. Autant d'aiguilles de douleur qui se réveillent. Pour mon père j'étais la joie de la demeure, chantant du matin au soir. En préparant les repas avec mère, en l'accompagnant le dimanche dans sa marche. Douleurs. Ils ne sauront rien. Je n'oserai jamais retourner auprès d'eux. Ils ne connaîtront pas mon humiliation, la honte. L'immense honte de leur fille. Je les ai quittés pour nous sauver, dans l'espoir de gagner l'argent pour les aider à vivre. Pourquoi, pourquoi la malchance s'acharne-t-elle sur notre famille ? Suis-je née le mauvais jour, la mauvaise lune ?

Le jour où l'usine a fermé ses portes, mon père n'avait plus de travail, ma mère pleurait. Les ateliers de la région ont fermé les uns après les autres. Ma famille avait été déplacée comme toutes celles de la vallée, notre petite maison devant être recouverte par les eaux. La montée du fleuve dévorerait les champs, les routes, les villages, le passé. Le potager entretenu patiemment par ma mère ne représentait qu'une infime parcelle de l'immensité inondée. Mes parents ne savaient pas où aller recommencer leur vie.

La petite vignette imprimée à l'encre rouge était affichée sur une vitrine, je la revois aussi collée dans le hall de la gare. J'allais la lire chaque jour. Il n'y avait plus d'espoir dans notre région. Nous en avons longuement parlé en famille chez ma deuxième tante qui nous avait recueillis. Une fois la décision prise, mon père a emprunté à de vieux amis pour payer mon voyage en Europe. Ma mère pleurait de plus en plus souvent, le jour et la nuit. Seule, je n'aurais pas eu l'audace de partir, mais nous étions cinq de notre ancien quartier à tenter l'aventure. Cinq filles qui nous connaissions depuis l'enfance, ayant suivi la même école et prêtes à travailler dur pour sauver nos familles. J'ai pitié d'elles. Emmenées ailleurs, pour connaître les mêmes souffrances que moi. Les hommes qui sont venus nous chercher chez nos parents pour nous conduire en Europe nous ont séparées le lendemain soir. Un seul est resté avec moi et l'autre fille, la plus jeune de notre groupe. Nous étions encore en Chine. Les hommes nous divisaient alors qu'ils avaient promis l'inverse à nos familles. Je n'ai pas su lire dans cet acte le signe du mensonge. Après, après il était trop tard. Je n'ai plus revu la lumière du jour jusqu'à mon arrivée dans la ville aux immeubles si hauts si beaux que j'ai cru à nouveau à ma chance. En verre, ils se reflétaient dans la mer. Le soleil était brûlant, les voitures brillantes et nombreuses, les habitants riches. La petite est partie en premier avec un couple. J'ai suivi Monsieur et Madame en souriant, signé un contrat avec le salaire en dollars. J'étais contente de me retrouver dans une honnête famille dans un bel endroit. J'étais fière d'avoir du travail, heureuse à l'idée d'envoyer bientôt de l'argent chez nous. Je me revois le premier mois, travailler, travailler pour montrer ma bonne volonté, mon savoir-faire ! J'ai mis longtemps à comprendre. Je ne pouvais pas croire ce qui m'arrivait.

Sonos et cris m'arrachent à mes pensées. Un groupe de gamins, agglutiné sous le manège aux avions, ricane. Combien de temps suis-je restée ainsi perdue ?

Je n'ai rien mangé de la journée. Le corps au bord des lèvres. La voix de Gilan dans l'oreille mixée avec le cri de la Chinoise.

Repliée sur mes doutes, incapable de me reprendre, j'hésite à répondre au troisième appel de Lucia-Paz. Je le prends.

– Je suis à la fac. Entre deux cours. Ça va, Agathe ?

– Pas trop.

– Pas du tout, à ta voix. Tu as du nouveau ?

– Je suis passée chez Gilan. Je te raconterai les détails plus tard. Il y a une fille, une Chinoise chez lui. Des phrases du flic me reviennent et soulèvent dix mille questions sans réponse.

– Qu'est-ce qu'il t'a dit, ton flic ?

– Lundi soir, Gilan n'est pas sorti avec ses potes, ni venu me retrouver parce qu'il avait de la visite.

– Et tu crois qu'il était avec la fille ?

– Son texte trouvé sur les lieux du meurtre parlait de cheveux couleur corbeau, d'encre de Chine… Il ne me l'a jamais donné, celui-là.

– T'inquiète pas ! Si la fille a mis un texte composé pour elle à la poubelle, c'est qu'elle n'aime pas celui qui l'a écrit. Elle n'en veut pas, de ton Gilan !

– Lucia…

– Accroche-toi à la réalité, Agathe ! Je dois retourner en cours. Qu'est-ce que tu fais maintenant ?

– Je vais retrouver le flic. L'enquête devrait avancer plus vite, enfin je l'espère.

– Bonne nouvelle ! Et tu ne le disais pas ! Allez, courage. À plus.

Mon amie a su trouver les mots pour déverrouiller mon cerveau, me redonner un minimum de confiance. Assez pour que j'aille à mon rendez-vous.

Je fonce, sous les néons de la fête foraine, évitant la vue des couples dans les autos tamponneuses.

Avancer le corps noué, sans plus m'émouvoir. Pas maintenant. La Tortue m'attend. Ce drôle de flic qui prend ses décisions en dehors de toute logique.

J'atteins la grande rue commerçante. De là, je reprends l'itinéraire emprunté lundi soir, lorsque je suis allée garder le bébé des Levallois. Pas une seconde, je n'ai pensé au bébé depuis la mort de son père.

J'espère voir les SDF autour du brasero, j'attends l'odeur des marrons, mais le recoin du garage est vide.

Évitant l'immeuble du mort, je tourne dans la première rue à gauche, puis à droite pour arriver à la boulangerie à l'angle. Son enseigne est éclairée. Une haute silhouette sort du porche à mon niveau. Je suis soulagée que la Tortue soit déjà là.

– Ponctuelle. Merci.

Il me détaille, je saisis son hésitation :

– J'ai prévu d'enlever mes pulls pour la confrontation.

Je suis prête à faire tout ce qui sera nécessaire. J'ai besoin de savoir. Et vite.

– Ce serait mieux, oui. Allons à ma voiture, là-bas.

Il ouvre la portière d'une voiture couleur caramel. Les sièges, l'odeur de plastique neuf, la chaleur me surprennent.

– Ma voiture personnelle. Pour ce soir, c'était préférable.

À l'arrière, j'ôte sweat molletonné, cache-cœur, pull à col roulé. Quand il se retourne, je grelotte dans un tee-shirt trop grand à manches courtes. Il grimace.

– Plus vraie que nature.

Sort un foulard coloré du vide-poche :

– Mettez-le sur votre tête.

Quand je l'enroule, il m'interrompt :

– Pas comme un voile musulman, plutôt comme…

– Un fichu de grand-mère ?

– Oui.

Je le noue sous le menton, étire les longues pointes entre mes épaules.

– Parfait. En fait, vous avez encore le choix. Cette action est en dehors de toute procédure. Sur une enquête, on peut avoir intérêt à agir en dehors de la légalité. Je ne vous apprends rien.

J'enlève mes mitaines, ouvre la portière :

– On y va.

C'est une boulangerie classique avec un carillon à la porte, une banque en vitrine et la caisse devant les grilles où sont rangées flûtes et baguettes :

– Monsieur l'inspecteur, je suis ravie de vous revoir !

La boulangère, me découvrant derrière lui, s'exclame :

– Voilà notre petite Chinoise !

Elle hoche la tête, fixant ma frange noire, plaquée au front sous le tissu.

– C'est bien elle, oui.

Absorbé dans la contemplation des sachets bradés de croissants rassis, la Tortue demande, l'air de ne pas insister :

– Vous en êtes certaine ?

La boulangère contourne sa banque, s'approche. Elle veut bien faire. Pas un muscle de mon visage ne bouge. À l'intérieur, mes os s'entrechoquent et mon sang bouillonne comme la lave d'un volcan.

Je la vois diriger son regard sur mes jambes. Mes jeans stretch sont moulants sous le long tee-shirt. Elle fait la moue. Son regard remonte des pieds à mes cuisses. Le marché aux esclaves ressemblait à cela autrefois. Il la questionne :

– Est-ce la jeune fille que vous avez vue à plusieurs reprises dans votre magasin ?

– Je ne sais plus. Elle était jambes et pieds nus dans ses baskets. En été d'accord, mais lundi soir ! Malgré la température au-dessous de zéro… Je ne sais pas quoi vous dire… L'autre fois, elle était beaucoup plus maigre.

– Allons, madame, vous lui avez vendu du pain chaque matin pendant une semaine à une heure où les clients sont peu nombreux. Regardez-la bien. Elle est devant vous.

– Les baskets ne sont pas les mêmes, c'étaient des bon marché. Elle a pu grossir depuis, non ? Les bras étaient si maigres. Voyez, ses muscles aujourd'hui, ses épaules… Et les yeux… Les yeux sont moins chinois. Ah, tous ces étrangers qui veulent le paradis et…

– Merci.

La Tortue coupe court au propos de la boulangère, il la fixe :

– Quelle est votre conclusion, madame ?

– Je ne peux pas dire… Comment vous répondre, monsieur l'inspecteur…

– Par oui ou par non, c'est encore le plus simple. Votre témoignage est important pour l'enquête. La reconnaissez-vous ?

Quelques secondes s'écoulent. Elle se décide.

– En fait, je ne crois pas que ce soit elle.

Elle s'avance vers la porte, ajoute, pressée :

– Ça n'empêche pas que ce que je vous ai dit reste vrai.

– Quoi ? Qu'avez-vous dit ?

Elle me détaille encore une fois avant de répondre :

– Ben, ce que j'ai dit hier au commissaire.

D'un bref regard, la Tortue l'encourage à continuer.

– Que cette fille a très vite été attendue par un grand gars. Je ne peux pas l'oublier, celui-là. Un grand beau gosse qui ne connaît pas la politesse, ne prend pas la peine d'ôter son casque de radio pour vous parler. Et que même il le lui a mis sur les oreilles à la petite Chinoise. Sur son foulard ! Je vous l'ai dit, monsieur le commissaire : il lui faisait écouter sa musique devant le magasin quand la Chinoise est partie d'un coup. Comme si on allait la punir pour son retard. Elle était toujours terrorisée.

La boulangère me tourne le dos pour prendre la Tortue à partie :

– Voyez, monsieur le commissaire ! Je sais observer quand même !

J'arrache le foulard. Sors sans rien dire. J'ai la honte. Envie de vomir. D'où elle sort, cette Chinoise misérable ? Pourquoi elle intéressait Gilan ? Qu'est-ce qu'il fait avec elle ?

Dans la rue, des passants terminent leurs courses pour le repas du soir. Une femme passe avec un bébé emmitouflé, couverture remontée jusqu'au nez dans sa poussette. Me jette un regard inquiet, je frissonne encore plus. Claque des dents sous le lampadaire. La Tortue me rejoint enfin, me tend le sachet ouvert. Non. Merci. Je grimace, dégoûtée. Pas envie de manger des trucs qui sortent de cette boulangerie. Il m'attrape par le bras :

– Venez vite à la voiture, vous êtes en train de prendre froid.

Je lâche avec rage :

– J'en ai marre de cette histoire.

Il m'ouvre l'arrière, met le contact, la soufflerie propulse aussitôt un air chaud, brûlant. Me regarde dans le rétro, l'air malicieux ou plutôt satisfait. Je m'habille rapidement. Ébouriffe mes cheveux, accoudée sur le repose-tête, ma franche noire devant les yeux, je le regarde ingurgiter les viennoiseries. Maigre et vorace. Finalement, je tends la main avant qu'il n'engloutisse la dernière brioche aux pralines.

Manger me détend. Dans sa voiture, je me sens à l'abri. Le quelque chose qui me gêne depuis le début de cette histoire commence à émerger. Les mots me viennent lentement :

– Ce soir ou demain, vous allez faire la lessive, repasser, ranger vos habits propres dans une armoire ou un dressing. Ou bien ce sera votre femme qui le fera. Votre linge aura vos empreintes. Le matin, vous cirez vos chaussures. Le soir, vous essuyez la table, vous balayez, prenez la télécommande de votre télévision…

Le reflet de ses yeux me flashe :

– Les objets que vous utilisez au quotidien seront couverts de vos empreintes ou de celles de votre femme…

– Je ne suis pas marié.

– De la personne qui vient faire le ménage.

– Je n'emploie pas de femme de ménage, mais continuez.

– Et vous ne jouez pas au golf, je sais.

– Sur le texte poétique trouvé par nos services dans la cour des Levallois, figure l'adresse de votre ami. Notée au dos.

Il fait deux tours avec son écharpe, relève le col de sa parka, coupe le moteur.

– Allons chez votre ami.

– Quoi que vous en pensiez, mon ami n'est pas coupable. Gilan n'est pas un assassin.

Son innocence, comme un rempart, pour ne pas tout perdre. Dans mon cœur troué, incompréhension, désillusion, amour, désir tourbillonnent. S'il le faut, j'aurai la force de le soutenir.

Il descend. Je le freine dans son élan, lui montrant l'autre côté de la rue, à quelques numéros de là.

– Gilan ne doit pas être encore rentré. Il habite l'ancien immeuble, celui contre lequel s'est collé le seul immeuble moderne de la rue. Vous voyez ?

– Troisième étage ?

Une affirmation plutôt qu'une question. Nous marchons en silence. Bizarre d'avancer avec mon pas accordé au sien, je ne pensais pas pactiser un jour avec un flic. Les mains dans les poches, il se tait. En nous regardant marcher ainsi, personne ne peut deviner qu'il est policier. Je m'arrête brusquement en face de l'entrée de l'immeuble de Gilan. Indique la lumière qui vient de s'allumer au troisième. Souffle :

– La chambre de son coloc.

– Il y a quelqu'un. Vous êtes bien certaine que votre ami n'est pas encore rentré ?

– Normalement, il est à l'atelier. Ce matin, je suis déjà venue. Personne ne m'a répondu, mais il y avait quelqu'un chez lui.

– Évidemment. Ne perdons pas de temps. Allez frapper à sa porte. Je surveille l'appartement. Si vous ne redescendez pas rapidement, je vous suis.

Monter à pied. Lentement. Laisser au mélange détonnant qui est en moi le temps de décanter.

Je frappe. Aucun bruit à l'intérieur, ni musique, ni rien. Aucun mouvement.

Je compte jusqu'à dix, frappe une seconde fois. Plus légèrement. Redescends en chantonnant assez fort pour que ma voix soit audible pour une oreille collée contre la porte. Dehors, je m'éloigne par le trottoir de l'immeuble, sans me retourner.

La Tortue me rejoint, m'indique le banc à l'angle de la place. De là, il me montre l'étage de Gilan, la fenêtre s'est éteinte.

Je reste dans le noir, mes larmes coulent, un fleuve se forme. Je sais qu'ils vont venir m'emporter. Monsieur, Madame avec la police. Je n'en peux plus. Qu'ils viennent vite, qu'on en finisse. Je claque des dents. La personne qui a frappé à la porte est redescendue en chantonnant, ce n'était ni Madame ni Monsieur. Je me reprends. Le maître ne peut plus me menacer, il est mort. Je ne suis plus son esclave. Jamais plus. Je recule jusqu'à la chambre, m'allonge sous la couette. Je suis chez le gentil garçon. Il est fort, la tendresse danse dans ses yeux. Il est doux. Il me protégera. Le printemps reviendrait si je restais avec lui. La vie reprendrait ses couleurs, je marcherais à nouveau sur le chemin entre les champs. C'est le soir, il va bientôt revenir. Mais ce matin, j'ai vu son inquiétude.

Je n'ai pas eu de frère, le fils des voisins prenait soin de moi, il m'attendait pour m'accompagner à l'école. J'apprenais vite en classe. J'ai été bien éduquée par des parents aimants.

Je suis un être vivant, ma vie a autant de valeur que celle des riches. La misère, je pouvais m'en sortir, mais maintenant je serai toujours coupable.

Quand j'ai senti sa main broyer mon bras, me maintenir et me tirer à l'intérieur, je me suis vue enfermée pour toujours chez eux.

Pour ne pas mourir seule chez Monsieur, je me suis débattue avec l'énergie du désespoir. Pour retrouver les miens, j'ai fui vers l'inconnu.

J'ai eu ce courage parce que le garçon m'avait parlé, donné sa musique et aussi son papier. Il avait dessiné une maison à côté des trois lignes au verso de la feuille. Je n'étais plus isolée. J'avais retrouvé l'instinct de survie.

Hier soir, j'ai compris qu'il voulait vraiment m'aider. Du fond du cœur. Je devais lui parler, ne pas laisser la pudeur, la peur, la honte m'écraser, m'éloigner de lui.

J'ai essayé de raconter, avec des chiffres, des gribouillis sur le papier. Un peu.

Les dix-sept, dix-huit heures de travail, le ménage, la cuisine, la couture. L'interdiction de sortir sur la terrasse. Enfermée le jour dans l'appartement, la nuit dans le réduit entre la chambre du bébé et le toit. Un coup frappé au plafond pour me faire venir. Les gifles de Madame sur la tête, le torse. Les coups de canne de Monsieur. Toujours dans les jambes, pour me faire travailler plus vite, toujours plus vite.

Madame jamais satisfaite, exigeante, méchante avec moi. M'obligeant à toujours refaire. La nourriture supprimée en punition. L'humiliation d'être moins qu'un animal.

De toutes ces vilaines choses tapies dans ma tête, dans mon corps, je lui ai dit des bribes. Le garçon ne les a pas toutes comprises. C'est mieux ainsi.

Mais j'ai vu la colère monter en lui. Ses yeux lançaient des poignards, les poings fermés il tournait en rond. J'ai senti qu'il avait besoin de punir. Il souffrait.

La nuit, quand il croyait que je dormais, il a pleuré comme un enfant.

Je n'ai pas pu lui dire ce qui s'est passé vraiment.

J'ai été libre quelques heures. Je ne le serai plus jamais.

Le garçon ne pourra pas me protéger.

Nous traversons la place. Balançoires sur ressort et cabane à grimper sont désertes, la vie se concentre devant la pizzeria, voitures en double file, rires et lumières. Les meilleures pizzas à emporter du quartier, je peux le confirmer. Ma première nuit chez Gilan, nous étions descendus chercher du ravitaillement.

– À quelle heure arrive-t-il ?

– Dans une demi-heure, s'il a ses correspondances.

– Allons l'attendre dans le café en face.

Au point où j'en suis, à quoi bon refuser. Deux hommes au comptoir, les tables vides, un bar classique oublié des jeunes branchés.

Je commande un chocolat chaud, pour avoir cette chaleur entre les doigts et regarder la mousse disparaître. Le gros sweat que j'ai remis garde dans chaque fibre ce mélange particulier que j'imaginais être le parfum de notre rencontre. L'amour a besoin de traces pour exister, enfin, c'est encore un de mes leurres. Je l'aime, il le savait, mais lui, qui aime-t-il vraiment ? D'une Chinoise à l'autre, cela ne lui fera pas beaucoup de changements. L'ironie me fait grimacer.

– Vous devriez lui parler avant qu'il ne fasse des bêtises. Expliquez à votre petit ami que…

– Gilan, il s'appelle G.I.L.A.N. Je ne sais plus si c'est mon petit ami.

Il contemple sa bière de Noël, ambrée, encore plus rouge avec les reflets des guirlandes électriques accrochées derrière lui. J'ai besoin d'en savoir davantage avant d'aller chez Gilan.

– Qu'est-ce qui vous a mis sur la piste ?

Il parle posément :

– Le comportement de Mme Levallois m'intriguait, elle vous chargeait ouvertement dans un discours fortement teinté de racisme. Elle exprimait son mépris, convaincue que pauvres et étrangers forment la lie de la société. À Dubaï, comme dans d'autres villes du Golfe, l'habitude de se faire servir par des Sri Lankaises ou des filles de l'Asie du Sud peut très vite se prendre. L'idée m'avait effleuré en découvrant le niveau de vie du couple Levallois en Arabie Saoudite.

Il me regarde :

– Et puis vous, au type chinois prononcé.

– La coïncidence était troublante.

– Effectivement, très vite une seconde Chinoise est apparue dans l'enquête comme votre ombre. Remarquée par la boulangère, ou signalée par les voisins âgés de Gilan. Ils l'ont vue avec lui lundi soir, par le judas. Une présence clandestine.

Pas simple de faire taire mes sentiments. J'avale ma salive pour parvenir à parler :

– Gilan m'a raconté que fin août, il travaillait sur un chantier et achetait ses sandwichs à l'ouverture de la boulangerie. C'était pour m'expliquer le thème de son texte, celui que vous avez trouvé et qui parle du plaisir d'acheter du pain à l'aube. Les yeux en amande sous une frange corbeau. Il me l'a lu une fois…

Je ne lui dis pas que j'ai pris ce texte comme le récit d'un rêve d'amour. Il était si réussi, tendre, magnifique que j'ai cru à une déclaration. Celle qu'il me faisait à moi, Agathe. La fille à qui il le chantait sans accompagnement. Rien que sa voix. Expirer. Dégager les épaules, vider la cage thoracique. Demeurer un corps vide d'air quelques secondes, puis recommencer à inspirer.

Il regarde toujours sa bière sans la boire, me laissant du temps, puis reprend :

– Voilà mes conclusions : les Levallois avaient une employée…

– Employée ? Prisonnière plutôt !

– Elle s'échappe pendant la journée du lundi. M. Levallois engage aussitôt une première babysitter afin de partir à la recherche de son employée, ou de son esclave. Le terme esclave des temps modernes est effectivement utilisé lorsqu'il s'agit d'inculpations en ce domaine.

Le malaise que j'ai ressenti en voyant le portrait du père avait un sens. Cet homme partageait avec le cinglé un mépris profond envers les femmes.

– Il part à sa recherche, persuadé de la retrouver rapidement. Elle ne connaît personne, n'est jamais sortie exception faite des courses à la boulangerie. Or elle réussit à lui échapper pendant la journée. Sans doute a-t-elle eu de la chance, ou quelqu'un l'a prise en pitié. C'est ici que Gilan Ferri intervient. Devant la boulangerie, en lui tendant son casque, il lui a donné un texte portant son adresse au dos. La fille se doute qu'il habite près de la boulangerie. Lundi, elle trouve le moyen de se réfugier chez lui. À quel moment ? Je ne le sais pas encore. Gilan lui ouvre, la cache.

– Voyant que le temps passe, le père m'embauche pour la soirée. À une heure du matin, il rentre bredouille. Ou bien il continue de rouler dans le quartier, en laissant le bébé seul…

– Les esclavagistes confisquent les papiers de leurs employés afin d'empêcher leur fuite. C'est une règle pour les exploiteurs de ce genre. La clandestine a besoin de récupérer ses papiers d'identité pour retrouver sa liberté de mouvement et quitter ce pays. Supposons qu'elle retourne vers une heure du matin à l'appartement des Levallois…

– Au mauvais moment. Je suis déjà partie, elle tombe sur le père.

– M. Levallois refuse bien évidemment de lui rendre papiers et liberté. La confrontation a lieu sur le palier. Il la force à rester. La scène tourne mal.

– La fille prend la canne de golf, je la vois encore rangée dans l'entrée. Elle le frappe à la tempe. L'homme tombe dans la cour.

– Sauf si elle n'est pas retournée seule à l'appartement des Levallois, mais accompagnée.

– Elle était seule.

Je le dis sans réfléchir. Chacun absorbé par ses pensées, nous nous taisons. Plus j'en sais et plus je suis certaine que Gilan est tombé amoureux d'elle les matins du mois d'août. Elle a disparu, je suis arrivée. Il a flashé sur moi, sans se poser de questions. Une nouvelle Chinoise dans son quartier, il a foncé. Je n'étais que la seconde. Comportement malsain ou inconscient ? Les mecs ne sont pas romantiques comme nous, les filles. Est-ce qu'au moins, il m'a aimée un peu…

Quand je sors de mes pensées, les yeux électriques me réconfortent. C'est un drôle de flic que j'ai en face de moi. Bleus, ils me soutiennent en silence, me scrutent. Je les regarde sans ciller.

– Je ne connais pas votre nom.

– Schneeberger… Lucas.

Quand il est étonné, ses sourcils montent en triangle sur son grand front d'intellectuel.

– Agathe, mes collègues sont en train de démanteler un important réseau de drogue sur Lyon. Leur intervention a commencé cet après-midi simultanément dans différents quartiers.

Je retiens mon souffle, j'appréhende la suite. Ses yeux azur me comprennent :

– Votre ami Gilan n'est en aucun cas concerné. Vous pouvez être rassurée.

– Merci.

– Je ne peux pas en dire autant de ses amis. Vad et le Roux étaient sous surveillance du GIR, le groupe d'intervention régional, dans le cadre d'une instruction judiciaire. Vad, qui ne se doutait de rien, est venu déposer à la place de votre ami dans nos bureaux, c'était lui que votre amie étudiante suivait. Mes collègues qui étaient sur la filature de Vad ont voulu profiter de l'aubaine et l'arrêter en flagrant délit, persuadés qu'elle avait récupéré la marchandise, de la cocaïne principalement, dans une arrière-cour des Pentes de la Croix-Rousse.

Paz avait vu juste, les flics étaient sur elle à cause de sa filature. J'avais raison de ne pas apprécier les potes de Gilan, mon instinct ne m'avait pas trompée.

– Ils dealaient, je m'en doutais.

– Les collègues ont procédé à leurs interpellations cet après-midi. Un beau coup de filet ! Le Roux est suspecté d'être le chef de la branche locale d'un réseau international. Un adepte des méthodes violentes pour maintenir les dealers sous sa coupe. Vad, entre autres choses, les recrutait. Un milieu très dangereux.

Je réalise que ça aurait pu mal tourner pour Lucia-Paz et pour moi aussi. Il cesse ses explications, fait un geste :

– Regardez ! Les fenêtres du troisième viennent de s'éclairer.

D'un coup d'œil, je vérifie l'heure sur sa montre.

– C'est l'heure où il rentre. Je vais lui parler.

– Vous en sentez-vous capable ?

– Je crois, oui. Je vais monter seule à l'appartement. Je ferai attention de ne pas effrayer la clandestine.

– Avec votre physique, elle devrait éprouver moins de crainte. Sortons.

La Tortue a raison. Née d'un père français, je ressemble si fort à ma mère qu'on pense que j'arrive directement de son pays, où je n'ai jamais mis les pieds.

– Vous parlez couramment chinois ?

– Je me débrouille.

– Pendant que vous montez, je vais chercher ma voiture. Je serai garé sur le trottoir en travers de la porte de l'immeuble. Vous savez que moi aussi, je prends des risques. Si ma hiérarchie savait que j'agis seul, je me retrouverais vite fait au placard.

– Pourquoi faites-vous cela ?

– Des gardes à vue ou mises en examen de jeunes ont mal tourné. Certaines ont eu des conséquences dramatiques.

– Pas étonnant vu les manières des flics en civil !

– Quand il s'agit de maffieux ou de dealers, je n'ai pas de scrupules.

– C'est rare, un flic aux états d'âme…

– Disons que l'un de ces jeunes dont la garde

à vue a mal tourné m'était cher. Depuis, je ne souhaite pas prendre de risques de cette nature.

Son talkie-walkie grésille, il prend l'appel en allant vers la voiture. Je n'en saurai pas plus.

Je marche lentement à travers la place. Je ne sais pas ce que je vais dire à Gilan. Je voudrais l'entendre me chanter un texte écrit pour moi. Le reconquérir. Que la clandestine soit renvoyée dans son pays. Elle est coupable ! Non, ce n'est pas vrai. Je secoue la tête, les larmes se décrochent de mes cils. Je ne suis pas comme cela, non. J'enseignerai le karaté aux filles des pays pauvres, je leur apprendrai à se défendre. Je suis l'héroïne de *Tigre et Dragon* qui vole sabre à la main.

Le trop-plein d'émotions et de tensions se transforme en fou rire nerveux. Gilan ne deale pas. Gilan est innocent. Le rire me réchauffe. Je fais les derniers mètres qui me séparent de l'immeuble en courant.

Au deuxième étage, la petite vieille en chaussons entrouvre sa porte. Sur le palier du troisième, j'inspire à fond avant de frapper en lançant d'une voix claire :

– C'est moi, Agathe.

La porte s'ouvre si vite, je manque de lui tomber dans les bras. Il est toujours aussi beau. Mon amour. Il a juste perdu de son assurance. Moi aussi. Je ne sais plus trop qui je suis. Depuis que j'ai réalisé n'être qu'une remplaçante pour lui. Un produit de substitution…

Gilan me tire à l'intérieur, referme la porte, me donnant le temps de me reprendre.

– On ne t'a pas suivie ?

– Je suis venue pour cette fille. La Chinoise que tu caches.

Dans ses yeux noisette se disputent colère et étonnement. Mâchoires contractées, pommettes pâles. Il me scrute.

– Tu ne la sauveras pas. À toi seul tu n'y arriveras pas. Gilan, elle a besoin d'être secourue, protégée. Elle a assez vécu dissimulée, dans le mensonge.

Il frappe un rythme convenu à la chambre du coloc. Me jette un regard à la dérobée.

J'ai reculé jusqu'à la fenêtre, le dos contre la vitre en un réflexe. Je ne veux pas qu'elle saute comme d'autres clandestines l'ont fait avant elle.

Elle est jolie. C'est la première chose que je vois. Ses yeux en amande mangent le visage maigre, aux pommettes saillantes. Des yeux effarées, mais beaux. Magnifiques. Ses cheveux bleutés lui tombent aux épaules, exactement de la même longueur que les miens. Je vois combien sa fragilité la rend attendrissante, touchante.

Je m'efforce de la saluer de quelques mots de chinois mandarin. Ses pupilles trahissent son étonnement, mais son visage ne bouge pas. Elle me détaille sans desserrer la bouche. Son regard inquiet va de moi à Gilan. Envers lui, elle a une confiance absolue. Je le sens et cela me fait mal. Alors je m'exprime rapidement en français.

J'annonce à Gilan, abasourdi, l'arrivée imminente de la Tortue. Explique en deux mots que ce flic enquête sur le meurtre, qu'il sait que la clandestine est chez lui, et beaucoup d'autres choses concernant l'enquête.

– Traduis-lui ce que tu viens de me dire. Elle doit savoir. C'est elle qui est concernée.

Il reste debout entre nous. La fille m'écoute. Quand je me tais, de la main droite, elle se frappe la poitrine, de la gauche elle fait le geste de frapper quelqu'un. Répète la scène devant nous. Ses yeux suppliants dans les miens, elle vient vers moi, prend mes mains.

Sur le visage de Gilan derrière elle, je lis la stupeur. Il ne savait pas. L'émotion de son visage me bouleverse. Il l'aime. Il est atterré. À voix haute, elle dit en chinois :

– J'ai tué le maître.

J'ai l'envie de hurler, je me tais. « Maître » ! C'est terrible ce mot dans sa bouche. Gilan attend que je traduise, au mot de maître, il sursaute. Une décharge. La fille continue :

– Monsieur était seul l'autre matin, le téléphone a sonné quand il sortait, il est revenu au salon en laissant ses clefs sur la porte ouverte. Sans réfléchir, j'ai bondi dehors, j'ai couru droit devant moi, la peur me donnait des ailes, plus loin, une fillette sortait d'un immeuble, j'ai eu le temps de passer dans le couloir avant que la porte se referme. Au fond de la cour, il y avait un ancien appentis où je suis restée cachée. J'ai attendu la tombée de la nuit pour sortir de là, je n'étais pas loin de chez Monsieur et j'avais très peur qu'il me batte et me tue s'il me retrouvait. Il voudrait me punir. J'avais sur moi la feuille donnée par le garçon, je la gardais cachée, cousue dans la poche de ma jupe. Je l'ai montrée à une dame, elle m'a expliqué le chemin. Après, après le garçon sait.

J'interroge Gilan des yeux :

– Elle a passé la soirée ici, prostrée, terrorisée. D'un coup, elle s'est agitée. Elle est repartie. Je n'ai pas compris pourquoi.

– Je voulais mes papiers. Il me les fallait pour rentrer dans mon pays. Je suis arrivée à l'immeuble, je vous ai vue en sortir. J'avais très peur de Monsieur, mais je savais où il rangeait mes papiers. Je suis montée très vite, les ai repris. Par malheur, Monsieur est arrivé quand je sortais de l'appartement. Il m'a attrapée, il voulait m'enfermer, me tapait sur la tête, me repoussait à l'intérieur. J'ai attrapé la canne. Je l'ai frappé de toutes mes forces, sans regarder. Il m'a lâchée, il a reculé et est tombé en bas.

Elle a mon âge, cette fille. Et nous vivons à la même époque ! Désespérée, elle me fixe. En s'accusant, elle vient d'innocenter Gilan. Totalement.

– Je n'ai jamais voulu être sa domestique, son esclave. Vous devez comprendre. J'ai été trompée dans mon pays. Mais j'ai tué un être vivant. C'est mal. La pauvreté, je pouvais espérer en sortir, mais maintenant c'est fini, je serai toujours coupable.

Il la fixe, l'air hagard. Je remercie la fille en chinois, sans trouver de mots pour la réconforter. Ses lèvres frémissent, les mains jointes, pâle, elle semble attendre la mort. Gilan martèle le mur de ses poings, de sa tête. Sa rage explose enfin en un râle :

– Jamais ! Tu m'entends, jamais je ne la livrerai aux flics.

– Arrête. Reprends-toi.

– Elle n'ira pas en prison, ce salaud méritait pire que la mort !

– Avec les règles européennes sur l'esclavage, le principe de légitime défense, elle s'en sortira. Ce sera forcément mieux pour elle qu'une vie d'esclave mise au secret !

Il me fait face. La souffrance contracte ses traits. Il est livide. Lui, le garçon si fort, est dépassé, démuni. Il m'écoute.

– Lucas, le flic, me l'a promis. Il faut que tu aies confiance en lui.

On frappe.

Elle court se réfugier contre Gilan. Ses grands bras la plaquent sur son torse. À ma place. Il reste figé, le regard sur la porte d'entrée, elle, elle tremble de tous ses membres. Ils sont dramatiquement beaux dans le miroir. Je ne veux pas quitter la fenêtre, je suis incapable de bouger, qu'importe. De dos, ses maigres mollets nus et leurs bleus me font pitié. Je comprends qu'on ait envie de la serrer dans ses bras, de l'emporter sur une île, et de fracasser l'homme qui a osé l'exploiter. Une vague d'indignation me submerge. Réparatrice. L'injustice de sa situation me révolte. Éclate le noyau dur de la jalousie.

– Gilan, il faut que tu ouvres.

Ils le font ensemble, enlacés. Derrière eux, je vois apparaître le sommet du crâne blond de Lucas.

– Je vous demande de me suivre, vous, monsieur Ferri, et vous, mademoiselle, dit-il avec lenteur, restant en travers de la porte mais sans un geste de trop.

– Prenez des vêtements chauds. Je vous attends.

Gilan hésite, va dans la chambre. Elle colle à ses mouvements, accrochée à ses hanches. Par la porte ouverte, nous le voyons attraper blousons et pulls pour deux. Lucas tire des menottes de sa poche, les remet à l'intérieur.

– Encore une entorse au règlement.

Il me regarde à travers la pièce. Nous nous faisons face, chacun bloquant une sortie. La vitre est glacée, la poignée un clou qui s'enfonce entre mes omoplates. Il reprend avec lenteur :

– Agathe, venez avec nous.

De la tête, je réponds non. Les larmes coulent sur mon visage. Lucas, voyant l'état dévastateur dans lequel je me trouve, insiste.

– Ne restez pas seule.

– Je vais aller courir.

– Il fait nuit.

– J'ai l'habitude.

– Mes collègues m'ont appelé pendant que vous veniez ici. En démantelant le réseau du Roux, ils sont remontés jusqu'à un gros consommateur de cocaïne. Le propriétaire d'une Scénic. De fortes présomptions pèsent sur lui.

Tiens ? Il sait cela aussi.

– L'individu a été interpellé dans le cadre d'une autre affaire, il s'agit de voies de fait sur des jeunes filles. Deux d'entre elles ont porté plainte après qu'il les a agressées dans l'escalier qui termine sa rue. Malheureusement, il n'est pas le seul détraqué dans la ville. Ne vous mettez pas inutilement en danger, Agathe. Ce soir, vous n'êtes pas assez vaillante pour aller courir seule.

– D'accord. Vous me déposerez de l'autre côté du fleuve. Les berges éclairées sont très fréquentées.

Je décolle mon dos de la fenêtre, quitte le sweat de Gilan, hésite, le porte une seconde à mon visage avant de le lui tendre. Nos regards se croisent. Il le prend. Me voit bouleversée. Se penche vers mon oreille, murmure à toute vitesse.

– Tu es mon amie. Grain de riz. N'oublie pas.

Je secoue la tête.

– Non. Pas ton amie.

– Je ne savais pas ce que je faisais, comprends-moi.

– J'essaierai.

Je descends en premier. Dès que Lucas déverrouille les portières, je m'installe sur le siège avant. Muette. Incapable de jouer la traductrice. Il allume la radio programmée sur la station de jazz locale. Le son est excellent. La ville est illuminée. La nuit limpide. Sur le pont, les quatre voies sont embouteillées. Temps suspendu. En dessous, contre les piles en ciment, les eaux noires sont ourlées de blanc. Impossible de savoir si elles charrient une carcasse.

Je n'irai pas à l'hôtel de police avec eux.

Nul besoin de regarder dans le rétroviseur central pour savoir que la main de Gilan serre celle de la Chinoise. Sa première Chinoise. Celle qu'il aime. Je me tasse sur le siège. J'ai mal. Elle sort de l'enfer, elle a besoin de lui. Cette idée n'atténue pas ma souffrance. Mon portable émet un signal. Lucia-Paz me propose de passer chez elle. Elle a préparé à manger pour moi. Le message de mon amie me fait chaud au cœur.

La voiture arrive à la hauteur de l'ancienne passerelle. Je fais un signe à Lucas, enfile mes mitaines. La voiture freine à peine, bifurque sur le haut trottoir devant des piétons outrés. Je murmure « Salut, bonne chance », en regardant brièvement Gilan.

Lucas pose la main sur mon bras, me retient un instant. Il sait où me trouver.

La fille me dit merci en chinois. Merci de quoi ? De la remettre à la police ? Gilan veut me parler, se tait.

Mon pied touche le sol. Je suis courbatue comme après un combat difficile, inégal. Je fais trois pas. La voiture démarre. Je descends sur les berges animées, dans quelques heures je téléphonerai à ma mère. Elle m'écoutera, appellera mon père pour la soutenir, nous soutenir.

Courir le long du fleuve. Ne plus penser au poids de Gilan sur moi, à la tendresse de ses yeux noisette, aux bols de café à côté du lit.

Je sors son texte, celui qu'il a écrit pour moi. Le froisse entre mes mitaines, retiens mon geste de le jeter au Rhône. Je le déplie, lis sous le lampadaire : « Pour toi, Grain de riz. »

Le lance au loin dans l'eau.

Mes remerciements à Martin Angor pour sa chanson AK-47 qui s'est imposée naturellement dans l'univers de Gilan.
« AK-47 », paroles de David Martin, musiques et arrangements de David Martin et Charlotte Gérand.

Ouvrage réalisé par le Studio graphique des Éditions du Rouergue

Achevé d'imprimer en février 2009
par l'Imprimerie France Quercy (Mercuès)

Dépôt légal : novembre 2008
N° d'impression : 90251a
ISBN : 978-2-8415-6985-4